KB243700

# 떡을 먹이고 싶은 마음

# 떡을 먹이고 싶은 마음

**한여진의 1월**

ㄴㄴ> <ㄷㄴ

—
차
례

一

작가의 말

**겨울**의 한가운데서 한 해를 시작하는 글의 첫 문장과는 어울리지 않지만 나는 눈을 좋아하지 않는다. 눈이라니. 아무리 털어내어도 어깨가 젖잖아. 꽝꽝 얼어붙은 빙판길은 또 얼마나 위험한데. 날 풀려 녹기 시작하면 봐, 온통 지저분한 흔적만 남지. 그건 또 왜 그리 처연한지.

어디 가서 눈 싫다고 하면 어머, 그래도 겨울에 첫눈 내리면 설레잖아요, 라며 나를 굉장히 멋없고 시시한 사람으로 취급하는 눈초리를 받는데 사실 그건 탁월한 분석이다. 내겐 낭만적인 구석이 별로 없다. 하지만 낭만적이지 않은 사람에게도 이 계절을 즐기는 나름의 방식이 있다.

겨울이니까, 또 한동안 눈이 내리겠지. 내리는 눈은 번거롭다. 쌓인 눈도 번거롭다. 얼어버린 눈도 번거롭다. 녹기 시작한 눈도 번거롭다. 번거로운데…… 이상하지, 자꾸만 뒤를 돌아보게 한다. 그러니까 겨울은 그런 계절이다. 멈추고 지연시켜서 기어코 발목을 잡아채더니, 결국 과거로 내달리게 만드는 제법 폭력적인 계절.

집 앞 카페 테라스에 작은 눈사람이 있었다. 누군가 차가운 손을 이리저리 비벼가며 만들어두었다. 몇 차례 출퇴근 길에 그 눈사람을 더 만났고 어느 날 완전히 박살나 있는 모습을 보았다. 눈사람을 부수는 사람의 마음 같은 것을 생각했다. 남이 애써 만든 아름다움을 부수어버리는 악독한 마음 너머, 이미 부서져 있을 그의 한쪽 마음과 동시에 아직은 아름다움 한 조각 묻히고 있을 마음의 뒷면을. 그런데 뒤를 돌아보아도 보이지 않으면 어떻게 해야 하나.

**백지**는 왜 하얀색일까. 우리는 왜 하얀 종이에 까만 글씨를 남길까. 글을 쓸 때마다 하얀 설산을 아주 느리게 내딛는 것 같다. 한 걸음. 한 문장. 한 걸음. 두 문장. 세 걸음. 네 문장. 다섯 걸음. 어디야? 아직 모르겠어. 앞은 아득하고 뒤를 돌아보면 나는 떠난 적도 없지.

안나푸르나 베이스캠프를 한 시간 앞두고 만난 풍경은 아름다웠다. 온 세상이 하얗게 덮여 있어서 하늘과 땅이 구분되지 않았다. 한발 잘못 디디면 절벽에서 떨어질 수도 있었는데 괜히 웃음이 났다. 어디서 또 이런 절경을 보겠어. 누가 믿어나주려나. 여기서 이렇게 파안대소를 했다는 것을. 내 웃음소리가 퍼지고 퍼져서 아직 거기서 메아리치고 있다는 것을. 나중에 그게 화이트아웃 현상임을 알았다.

두 다리는 불타오르는 것 같고 발바닥은 진물로 덮인다. 육십오 리터 배낭은 나를 자꾸만 뒤로 나자빠뜨리는 귀신 같고 설산의 차가운 공기는 폐를 무겁게 짓누른다. 글을 쓸 때마다 나는 또 눈 덮인 고원에 혼자 서 있다. 귀신같은 아름다움과 함께.

**기억**은 머릿속 곳곳에 파편처럼 흩어져 있다. 가끔 나는 여러 공간에 동시에 존재한다는 느낌, 또는 그 어디에도 존재하지 않는다는 느낌을 받는다. 내 책상과 컴퓨터는 세계 각지의 다양한 건물 도면으로 가득하고 이중에서 실제로 존재하는 것과 눈으로 본 것은 또 얼마나 되는지.

기억은 이기적이다. 자기가 편한 곳으로 나를 끌고 다닌다. 내가 머뭇거리는 사이 과감하게 점프와 삭제를 한다. 기억은 절대 내 편이 아니다. 그리고 뒤돌아서 말한다. 다 너를 위한 일이었어.

그 모든 곳에서 나는 정말 무슨 일을 해왔던가. 세상 모든 일이 그렇겠지만 한 문장으로 설명하기 어렵다. 한 문장으로 압축하고 구겨넣으면 이건? 저건? 하며 말해지지 못한 일들이 생각난다.

**건축** 엔지니어로 십여 년을 일했다. 짧으면 짧고 길면 길다 할 수 있는 시간. 나는 사무실에 있었다. 현장에 있었다. 이국에 있었다. 도면 위에 있었다. 도면 위에서 선 하나를 그렸다. 그때 현장에서 벽이 만들어졌다. 래미콘을 붓고 굳어가는 과정을 지켜보았다. 벽에 간 균열을 지켜보았다. 포클레인으로 벽을 부쉈다. 유리창을 설치하고 그 너머에 어른거리는 그림자를 바라보았다. 건물 안에 있었는데 어느새 건물 바깥이었다. 그리고 나는 여성이었다. 여성을 지우는 목소리에 숨죽이는 여성이었다. 여성을 미워하는 여성이었다. 여성을 뛰어넘고자 했던 여성이었다. 여성을 뛰어넘지 못한 여성이었다. 지금 여기 도달한 나는 생각한다. 결국 이렇게 살아남았구나.

**말**. 김혜순 시인의 「되돌아오는 말」을 읽는다. 생각한다. 말이 너무 많다, 라기보다 말인 척하는 말이 너무 많다, 라기보다 말이라 할 만한 것이 없다. 말이 겹치며 서로 떠들썩한 가운데서 나도 말을 많이 했지. 정작 하고 싶은 말은 알지 못한 채 무슨 말을 내뱉었는지 알지 못한 채 살았다.

세상은 항시 소란했다. 소란한 세상에 어울리는 사람이 아닌 것 같았지만 이미 와버렸고 그러니 어떡하겠어. 그런 척하며 사는 데 많은 힘을 썼다. 뭐라 말할 수 없는 마음 때문에 자주 가슴이 펄펄 끓었다가 가라앉았다. 어디 내다버리고 싶은데 털어지지도 않았다.

　겨울로 돌아가 그 하얀 눈밭에 홀로 나 자신을 내팽개치고 싶다. 거기에 얼굴을 푹 파묻고 고함을 지르고 입속에 생쌀 대신 차디찬 눈 한 송이 머금고 꿀꺽 삼켜보는 것이다. 손과 발을 아이처럼 파닥이며 아무도 보지 않는 곳에서 커다랗게 어리광을 피우는 것이다. 시린 눈에 빨갛게 달아오른 두 볼을 들면 세상은 아무 일 없었던 듯 고요하겠지.

　**고백**도 뭣도 아닌 이 글. 앞으로의 글들도 그럴 것이다. 그러니 미리 고개를 절레절레 저어주세요.

1월 1일 ― 시

# 새해 복 많이 받아

늙어 이빨 빠진 나의 밥그릇


함께 밥을 먹었던 사람들의
이름이 기억나지 않는다


나는 익은 쌀을 씹어가며 살아남았고
몸은 자꾸만 성질이 바뀌는 그릇이었다


신년에는 도자기 수리하는 법을 배우러 일본으로
간다

옻에 밀가루를 섞어 구멍을 메우고
그 위에 금은분을 덮어줄 거야


너는 나보다 오래 살아남을 것이다


반짝반짝 빛나며

1
월
2
일
—
에
세
이

# 사랑하는 사람에게는
# 떡을 먹이고 싶은 마음

프랑스에 가본 적은 없지만 그 나라의 빵집에서는 바로 계산대로 향해 "바게트 한 개, 크루아상 한 개, 팽오쇼콜라 한 개"라고 말해야 한단다.* 우리나라 빵집처럼 가게 중앙에 진열된 빵들을 구경하다 먹음직스러워 보이는 것을 직접 담는 대신 빵집 주인이 보관함에서 하나씩 꺼내주는 시스템이란다. 프랑스 사람들은 빵에 대해서라면 원하는 바를 명확히 아는 것이다. 생각해보면 나 또한 떡집에 들어가서는 바로 주문이 가능하다. '인절미 한 팩, 절편 한 팩, 시루

---

* 김석준, 「프랑스 여행 가기 전에 체크해두면 좋은 파리 맛집 23」, 디 에디트 매거진 블로그, 2024. 6. 7.

떡 큰 걸로 한 팩 주세요. 호박고지 많이 들어 있나요?'

떡집을 둘러보는 것을 좋아한다. 콩떡을 보며 고개를 내 젓기도 하고(콩을 좋아하지만 떡에 들어간 콩과는 어린 시절부터 영원히 대치 상태임) 방금 막 나온 가래떡을 보며 이거 구워서 김에 싼 다음 꿀 살짝 찍어먹으면 맛있는데 생각하고 망개떡을 발견하곤 이것도 같이 계산해주세요, 외치고 그러다 한입 얻어먹기도 하고. 입안에 벌써 침이 고인다.

문장을 짧고 간결하게 쓰는 연습이 필요한데 그른 것 같다. 나는 군더더기가 많은 사람이고 게다가 군더더기를 좋아한다. 시루떡을 먹다 떨어진 팥고물 가루를 손가락으로 조심스레 찍어 다시 입으로 넣는 사람이다. (이 시루떡 이야기 또한 얼마나 쓸데없는가.) 바닥에 흘린 팥알들처럼 내가 쓴 허술한 문장들을 보면 정신이 바짝 든다. 이런 문장을 쓰며 살 순 없다.

엄마가 시계를 물려주었다. (라기보다는 서랍장에 굴러다니는 시계를 발견한 나의 갈취에 더 가까웠지만.) 젊은 엄마가 처음으로 산 명품 시계라는데 현장에서 일할 때 손목시계가 필요하여 냉큼 챙겨들었다. 일할 때 쓰겠다는 말은 안 했다. 그럼 안 줄 것 같아서. 엄마에게서 넘겨받은 시계를 볼 때마다 생각한다. 그의 시간을 살고 있다고. 그런 생각을 안 하고 싶지만 그건 안 할 수가 없는 유형의 생각들이다. 그럴 때마다 알 수 없는 무게감에 가슴이 답답해진다. 그리고 엄마에게 내가 망하더라도 그건 엄마 탓이 아니고 좀 극단적으로는 엄마와 아무 상관없는 일이라고 했다. 너는 너무 이론적이야. 엄마가 말했다.

기차 타는 일이 많은 나에게 언니들은 그것이야말로 시 쓰기 좋은 몸이라며 음흉한(?) 미소를 띠었는데 막상 기차에서 하는 생각은 시와 문학 생각이 아니라 서울집에 있는 토마토 유통기한과 회사 숙소에 있는 수건 개수 따위이다. 그러니까 토마토는 유통기한이 지나기 전에 얼른 먹어치워야 하고 수건은 떨어지기 전에 빨아서 잘 말린 다음 서랍에 삭삭 개켜두어야 하는 것이다. 두 공간을 왔다 갔다 하다보니 회사 숙소로 배달시켜야 하는 두루마리 휴지를 서울집으로 주문하거나 그 반대의 실수를 자주 저질렀다. 내일 당장 읽어야 하는 책을 저쪽 집으로 보내 똑같은 책을 한번 더 주문했더니 웬걸 몇 년 전에 사서 책장에 꽂아둔 책이었다. (같은 책 세 권) 그것 말고도 (자꾸만 사라지는) 충전기, (자꾸만 잃어버리는) 이어폰, 섬유유연제, 퐁퐁, 칫솔, 치약 등등 살아가는 일에는 필요한 것들이 너무 많고 이런 것들을 계산하고 있으면 삶이란 다 써가는 샴푸통 밑바닥에 찐득하게 가라앉아 나오지도 않고 그렇다고 버리긴 아까운 한 줌 같다.

〈디어 에반 핸슨Dear Evan Hansen〉은 2015년 워싱턴에서 시작한 뮤지컬로 국내에서는 2024년 정식 초연을 했다. 2020년에는 〈더블캐스팅〉이라는 tvN 서바이벌 프로그램에서 뮤지컬 배우 나현우씨가 공연 일부를 각색해서 불렀고. 그가 부른 〈Waving Through a Window〉를 천 번쯤 들은 것 같다. 당신이 눈앞에서 불러주는 뮤지컬 〈디어 에반 핸슨〉을 꼭 보고 죽어야겠어요. 현우씨. 오래 살아야 할 이유가, 오래 살수록 생긴다. 이상하지. 우리 할아버지가 빨간 오도바이 몰고 다니던 시절 죽음에 대해, 죽는다는 게 정말 별거 아니고 언제든 찾아올 수 있는 거라고 그의 오도

바이만큼이나 쿨하게 말씀하셨는데 막상 중환자실에 누워 갈 날 기다릴 때는 온전치 못한 정신으로도 자꾸만 더 살고 싶어하셨다. 우리 집안 사람들이 그렇지 뭐. 그렇게 쓸모없고 다들 끈적끈적해서는.

사랑하는 친구가 건축사사무소를 개업했다. 또다른 사랑하는 친구는 변호사사무소를 개업했다. 개업식 날 떡을 보낼 생각을 하며 나는 홀로 신이 나서 히히덕거린다. 친구에게 공간을 의뢰하는 상상을(하지만 우리는 건축에 대한 입장이 다르니 언제나 그렇듯 시간 가는 줄 모르고 토론을 하겠지) 당신에게 사건을 의뢰하는 상상을(하지만 법적인 사건에 휘말리면 안 되겠지) 한다. 사랑하는 사람들에게 떡을 먹이고 싶다. 푸짐하게. 입안 가득 넣고 우물우물하는 모습을 보면 내 배가 든든할 것 같은데.

저기가 방직공장이에요. 이제는 곧 사라지겠죠. 저기 여공들이 들불야학에서 공부하면서 노동운동을 했어요. 당신은 이런 이야기를 버스정류장에 앉아 잘도 조곤조곤 들려주었다. 버스가 영영 오지 않았으면 했다. 그렇다면 이렇게 계속 이야기를 할 수 있겠지. 영원히. 그게 힘들다면 백일 동안만이라도. 백일 동안 피는 꽃이 있다. 백일홍이다. 그 나무는 배롱나무라고 부른다. 특유의 얼룩덜룩하고 맨질맨질한 수피 때문에 잎이나 꽃을 다 떨군 겨울에도 바로 알아볼 수 있다. 이곳에는 배롱나무가 정말 많다.

배롱나무를 간지럼 나무라고도 불렀다는데 그 이야기를 듣고 언젠가 배롱나무를 간지럼 태워야지 생각했지만 막상 실행에 옮기기는 쉽지 않다. 가로수 앞에 서서 나무를 간지럼 태우는 사람을 본다면 누구든 좀 의심스럽게 보지 않을까. 하지만 의심스러운 것들은 한두 가지가 아닌데. 모든 것이 의심스러운 이 밤. 겨울이 밤을 자꾸만 보여주며 이리 들어오라 한다.

1월 3일 — 시

# 만사형통

꿈속에서 강원도에 놀러간 당신은 떡이 맛있어 울었다고 했다

그거 쑥떡이야,

그러니까 아직은 찬바람 숭숭 부는 어느 봄날 발에 채인 쑥, 거기다가 찹쌀가루 넣어 조물조물 경단 만들어서 솥에 넣어 찌면 뜨거운 김이 펄펄 나고 호호 불어먹으니 입맛 돋우는데 이만한 것이 없어서 그러니까 익지도 않았는데 자꾸만 솥뚜껑 좀 열지 말라고 투덜거리는데

너 어디에 있었어?

당신은 물었다 무슨 소리야 나 계속 여기 있었는데,
답하며 불을 줄이고 이제 뜸을 들여야지 여기 의정부
잖아 지난 겨울에는 이르쿠츠크에 있었고 그 전에는
다카르에 있었어 삼촌 병문안을 갔잖아 그때도 떡을
사 들고 갔는데 꿀떡이랑 팥떡이랑 반반씩 그러고 보
니 이제 다 익었네

자 여기 한입

떡은 고소하고 쫄깃쫄깃 씹혔다가 사르르 녹았다
당신은 아직도 펑펑 울고 있었다 조금 옅어진 것 같기
도 했다 여긴 당신의 꿈이니까 당신의 꿈에서 당신은
뭐든 할 수 있고 누구든 함께 할 수 있어요 우리는 항
상 같이 있었어요 그러니

씩씩해야 합니다

이 꿈에서 깨고 나면 말이죠 사실 여기는 아주 먼 곳이에요 아마 나는 돌아갈 수 없을지도 몰라요 그래도 내가 없더라도 당차게, 떡 한입 크게 베어 물고 우물거리는 마음으로 그래요 그렇게요

1월 4일 一시

# 겨울방학

동치미의 숨을 끊으려면
커다란 누름돌로 눌러야 한다


돌아오는 길에는 점집에서 놀았다
여기에도 나름의 질서가 있다


더 많은 짐을 진 사람에게
더 많은 귀를 내어준다


그래봤자,
모든 이야기는 다 옛날이야기일 뿐

깜빡 잠들었는지 누군가 목화솜 이불을 덮어주었다
금색 자수 봉황이 날개를 펼쳐 내 몸을 감싼다


그래 꿈이 달지?
할머니는 자꾸 내 머리통을 쓰다듬고
할머니의 손은 누름돌 같다


꿈속에서 나는 고민을 하고 있다
이 꿈에서 깰지 조금 더 머물지


아예 꿈을 바꿔치기할 수도 있지
꿈이라면 여기 넘치게 많거든 다 네 거란다


누군가가 귓속에 대고 속삭인다

1월 5일

에세이

# 어느 꿈속에 흘리고 온 겨울 배추

건설현장 입구에 배추 세 쪽이 떨어져 있다. 속살이 아주 노랗고 실한 배춧잎이다. 지나가는 사람 그 누구도 눈길을 주지 않는다. 다들 앞만 보고 걷는다. 현장에서는 저마다의 목적을 가진 사람들이 그 목적을 실행해야 하는 곳으로 걸음을 옮길 뿐이다. 누군가는 계속 땅을 파고 누군가는 계속 짐을 나르고 누군가는 계속 합판을 자르고 누군가는 계속 불을 가지고 논다. 나는 그 모든 것 대신 비둘기를 바라본다. 비둘기가 아주 천천히 걷는다. 철골 기둥과 기둥 사이를 걷는다. 약 십 미터 정도. 깊은 생각에 빠진 것 같지만 알 수 없다. '여긴 위험하니까 주변을 잘 살펴야 한다.' 비둘기가 멈춘다. 잠시 완벽하게 정지해 있다가 포로록 날아가버린다. 생각의 답을 찾았을까. 알 수 없다. 배춧잎은 다음날 사라져 있었다.

곧 끝없는 눈이 내린다. 눈은 멈추지 않는다. 삼 일째, 엄지손톱만한 눈발이 계속 날리고 모든 사물에 소복이 쌓인다. 컨테이너, 카고 트럭, 라바콘, 발전기, 분전반 위, 아무것도 없는 대지 위에도, 무언가가 지어지고 있는 대지 위에도. 안전 펜스의 얇은 철망 위에도 눈이 쌓여 있다. 그건 촘촘하고 가느다랗고 억척스러워 보인다. 바람 불면 눈송이들이 얼굴에 부딪힌다. 코에 부딪힌다. 입술에 부딪힌다. 볼에 부딪힌다. 눈동자에 부딪힌다. 깜짝 놀라 눈을 감는다. 눈을 감아도 눈이 내리는 걸 알 수 있다. 멈추지 않고 내리는 눈. 사 일째 내리는 중이다. 계속 내리는 눈을 보며 두려워진다. 공사 현장은 멈춘다. 현장 한가운데에는 완벽히 정지한 포클레인이 있다. 그 위로도 눈이 내린다.

눈이 멈추고 나서도 얼어붙은 눈이 녹아야 현장은 움직인다. 한쪽이 멈춰야 다른 한쪽이 움직인다는 게 가끔 이상하게 느껴진다. 멈추거나 움직이거나, 무엇이 됐든 나는 기다리고 있다. 기다리며 베개를 사러 간다. 새로 옮긴 회사 숙소에는 베개가 없고 내 몸은 무언가를 베고 덮고 끌어안아야만 잠이 든다. 매장에는 조금씩 다른 크기와 높이와 촉감과 쿠션감을 가진 베개들이 쌓여 있다. 이것들이 다 누군가의 잠을 지켜보러 가겠지. 부드럽지만 마냥 부드럽지는 않고 포근하지만 또 포근하지만은 않은 베개들. 이런 것들을 절대 설명할 수 없을 것이다. 꿈속에서는 가능하지 않을까. 언어를 벗어난 곳이니까. 참, 너는 어떤 꿈을 좋아해? 꿈인데 너무 꿈같지만은 않은 꿈. 베갯잇도 고른다. 잘 익은 초록색으로 한 장. 초록 베개를 베고 나는 하얀 꿈을 꾼다. 하얀 네가 하얀 강아지를 안고 있다. 너는 강아지를 무서워하던 사람. 꿈속에서 여긴 어쩐 일이냐며 네게 묻고, 너는 그 질문을 이해하지 못했다는 듯 웃는다. 꿈에서 깬 순간 네가 정말 강아지를 무서워하던 사람이었는지 이제는 알 수 없다는 것을 깨닫는다. 거리에 쌓여 지저분하게 녹아가는 눈을 보며 왜 너를 떠올렸는지 깨닫는다.


스타렉스 앞유리에 이리저리 찍힌 작은 발자국을 본다. 천천히 시동을 건다. 누군가가 튀어나오길 기다리며 눈을 감는다. 코가 시리다. 보름째 연속 근무. 도면을 잘못 읽는다. 기준점을 잃어버린다. 기초 높이가 달라진다. 잘못 시공된 바닥 위에 서서 무력감을 느낀다. 구조 해석을 기다리는 커다란 도면 앞에서 두려움을 느낀다. 핫팩 두 개를 주물러 재킷 주머니에 넣는다. 배가 금세 따듯해진다. 안전화 속 두 발과 밖으로 드러난 목덜미와 두 뺨이 시리다. 그 사실을 깨닫기도 전에 무전기에서 호출이 울린다. A구역으로 와주세요. 움직이는 현장으로 달려가며 어떤 문장 하나를 떠올린다. 꿈속에 흘리고 온 내 겨울 배추.

소나무 하나, 가이스카 두 그루, 향나무 하나, 단풍나무 하나, 측백나무 세 그루를 옮겨 심어달라는 부탁을 받는다. 어디로요? 어딘가로요. 어쨌든 여긴 안 돼요. 이곳엔 다른 것을 지을 예정입니다. 그렇군요. 그렇습니다. 아시겠지만…… 겨울에 나무를 옮겨 심으면 정착하지 못할 확률이 높지요. 죽는다는 뜻인가요? 아마도요. 어쩔 수 없지요. 여기 이 철쭉들은요. 함께 버려주세요.

나무들은 뽑히고 뉘어져서 트럭을 타고 멀리 떠난다. 멀리 떠나는 나무를 바라본다. 뽑힌 심정이 어떻습니까, 묻지 않는다. 그래서 그런가, 나무들도 나에게 별다른 말을 건네지 않는다. 나무들이 사라지고 떠난 텅 빈 땅을 정리하며 나도 떠날 준비를 한다. 등뒤 헐벗은 겨울 땅에 바람이 불고 있다.

어느 날 밤에는 참을 수 없는 마음으로 극장에 간다. 평화맨션을 지나친다. 아웃백을 지나친다. 철물백화점을 지나친다. 1982년부터 자리를 지켰다던 중국집을 지나친다. 백년 곰탕집을 지나친다. 편의점을 지나친다. 좌석 번호 A27. 커다란 스크린의 푸른 불빛이 눈앞에 펼쳐진다. 몸속 깊숙이 웅웅 불던 바람이 잦아든다. 제인 버킨은 말한다. 아녜스는 기록한다. 하루는 잘 자고 다음날은 못 자요. 이튿날은 잘 잔 벌인지도요. 못 잔 날에 대한 보상일 수도 있지.* 이곳은 아주 오래된 극장이다. 난방이 잘되지 않는다. 모자를 뒤집어쓰고 마스크를 올리고 담요를 두른다. 드러난 눈두덩이가 차다. 눈을 깜빡일 때마다 눈동자가 차가워진다.

---

* 영화, 〈아녜스 V에 의한 제인 B〉(1988).

점점 나른해지고…… 눈을 뜨는 속도가 느려지고…… 오래된 극장 안에서 잠에 든다. 영원히 깨지 않아도 좋겠지. 꿈 속에서 다시 네가 나왔다. 새로 얻은 책상을 닦고 있다. 너에게 무언가를 잔뜩 먹여야지. 나는 떡을 사오겠다며 밖을 나선다. 눈을 뜨면 꿈밖이다. 너에게 줄 수 없는 떡을 와구와구 먹는다. 하얀 콩고물이 가득 묻은 떡. 지나가는 사람이 말한다. 이 여자는 뭐야. 꿈을 꾸는 중이야.

거기서는 물 샐 일이 없다고 그들은 말한다. 도면에는 그 아래로 지나가는 배관이 없어요. 수십 년 전 도면을 믿지 말라고 나는 말한다. 무너진 흙 사이로 하루종일 흐르는 물줄기를 두고 저 존재를 어떻게 증명해야 하나 고민한다. 휴대폰 너머 그들에게는 각종 기호들이 가득한 한 장의 도면이 있다. 이것은 우수관, 이것은 오수관, 이것은 가스관, 이것은 맨홀. 모두가 약속한 기호이지만 모두의 현실을 반영하진 않는다. 가끔, 종종, 때때로, 자주 현실과는 조금 다른, 살짝, 아주, 대단히, 전혀 비껴나간 위치에서 의외의 것이 발견되고는 한다. 그들의 도면과 현장에 있는 내 현실을 어떻게 좁힐 수 있을까.

지금 현장에선 저게 콸콸 흐르는 중이라니까요! 그뒤로 내 별명은 콸콸씨가 된다. 그들 중 누군가는 바닥에 떨어진 감을 줍다가 나를 보고 인사한다. 어, 안녕하세요 콸콸씨. 또 누군가는 빗속에서 고장 난 우산을 들고 씨름하다 나를 발견하고는 멈춘다. 우산 좀 같이 씁시다, 콸콸씨. 계속되는 눈과 비에 신발이 망가진다. 발은 굳은살로 가득하다. 아침에 일어나 맨발을 딛는 순간 살아 있다는 감각이 나를 깨운다. 신발을 새로 사야 하는데. 새로 사면 이전 것은 버려야겠지. 그건 내가 잘 못하는 일. 익숙함을 버리지 않으면 새로운 것도 오지 않는 법이다. 둘 다 가지면 되잖아. 그러기에 나의 공간은 좁으니까. 대신 버려줄까? 그럴 수만 있다면.

신발을 사지 못하고 시간이 흐른다. 몇 주 만에 휴일을 얻어 서울 집으로 돌아온다. 어지럽다. 이곳엔 너무도 많은 불빛이 있다. 그 불빛들이 제각각의 목소리를 낸다. 반짝이는 공간들은 내가 가볼 수도 있는 가능성으로 빛난다. 하지만 그곳에 가지 않을 것이다. 그저 수많은 가능성에 둘러싸

여 빠르게 달리는 택시 안에서 나는 도달하지 않을 설렘을
가지고 논다. 곧 집에 도착할 것이다. 꿈꾸러 갈 시간이다.

1
월
6
일
―
시

# 어느 꿈공간

막이 내려올 때는 홀홀 털어버리고 한껏 가벼워질
줄 알았는데

미치광이 백수광부

술 마시고 노래 부르고 악을 쓰다가

혼자 죽으면 그것도 좋겠다 싶은 밤이었는데

나는 여전히 열일곱 소년이어서 예쁘게 죽는 법을
몰랐다

무대 위에선 주어진 몇 줄의 대사조차 까먹기 일쑤

있잖아, 내가 사랑하는 사람은 이 무대의 주인공이
란다

하지만 언젠가 조명은 꺼지고 무대는 삐걱일 것이다

나보다 먼저, 내가 상상 속에서 쓴 극본이 내 연인
을 죽인다

그건 사실 간절히 바라던 것

그러면 나는 다 타버린 편지로 연인의 두개골을 본다

미치광이 백수광부 언제 이렇게 늙어버렸어, 연인
은 안타까워하지

내가 세운 이 극장에서 빠져나갈 길 없다

1월 7일 ― 일기

# 겨울잠
# 겨울꿈

간만의 휴일. 약속도 취소하고 하루종일 잠을 잤는데 이런 꿈들을 꾸었다.

○

내가 지은 건물이 화려한 쇼핑센터가 되어 있었는데 장을 보려고 들어간 순간 모든 불이 꺼져버렸다. 주변엔 아무 인기척도 없었고 이곳에 혼자 남았다는 사실을 깨달았다. 그래도 살 건 사야지. 그 어둠 속에서 더듬더듬 물건들을 집어 바구니에 넣었다. 초당옥수수를 집었을 땐 너무 먹음직스러워서(이상하지, 분명 아주 컴컴한 어둠 속이었는데 사물을 정확히 식별했다. 역시 꿈이어서 그렇다) 계산도 하기 전(하지만 누가 내 옥수수의 바코드를 찍어줄 수 있단 말인가)에 한입 먹으려던 찰나 누군가와 부딪혔다. 그는 우리 현장의 전기 소장님이었고 그가 '어머, 책임님 여기서 뭐 하세요?' 나에게 말을 거는 순간 우리 주변으로 빛이 어슴푸레하게 밝아오기 시작했다. 그때 그의 바구니를 흘끗 들여다보았다. 꿈 밖에서 우리가 마지막으로 먹은 음식은 함바집 주꾸미볶음이었는데 소장님 장바구니엔 냉동 치킨너깃이 잔뜩 들어 있었다.


○


어리둥절한 채로 깨어나서는 찬물을 한잔 마시고는 빨래를 돌렸다. 세탁기 돌아가는 소리를 들으며 책을 펼쳐들었는데 몇 페이지 넘기기도 전에 까무룩 잠에 들었다.


○


이번에는 어느 출판사에 있었다. 누군가의 안내를 받으며 사무실을 가로질러가고 있었다. 커다란 창밖으로 하얀 눈이 펑펑 쏟아졌고 직원들이 사이좋게 모여 웃으며 일하고 있었다. 한참 안쪽으로 걸어들어가자 대표의 방이 나왔다. 그는 사람 좋은 미소를 띠며 명함을 건네고는 이제부터 할일이 아주 많을 거라고 했다. 나 또한 그간 오랫동안 연습했던 사람 좋은 미소를 걸치며 네네, 제가 할 수 있는 일이라면 뭐든, 이라고 답했는데 그의 말을 조금 더 들어보니 그건 글을 쓰거나 책을 내는 일과는 아무 상관없는 일이었다. 그는 나에게 어떤 기관에 몰래 숨어들어 거기 있는 사람들을 모두 속인 다음 증거를 가져와야 한다고 했다.

그건 사기 아닌가요? 잠깐의 침묵. 그는 찻잔을 들어 천천히 한 모금을 마시고 창밖을 바라보았다. 그거랑은 다르죠. 창밖에는 아직 눈이 펑펑 쏟아지고 있었다. 저 눈이 언제쯤 그치려나. 돌아가는 길이 쉽지 않겠어. 차가 미끄러지면 큰일인데. 하지만 진실을 밝혀야 하지 않겠습니까. 그가 찻잔을 내려놓으며 말했다. 비장한 표정이었다. 나는 창문을 한번 바라보고는 그렇구나, 그렇다면 해야지, 마음먹었다.

○

출판사 가득 경보음 아니 세탁 종료음이 울렸고, 아참 나

꿈꾸고 있었지. 전기장판에 뜨끈히 데워진 몸을 식히려 일어나 창가에 섰다. 빨래를 널고 소파에 누웠다. 아, 어쩜 이렇게 하루종일 잠이 오나 모르겠어, 깨어 있는 일이 가장 고된 것 같아. 자꾸만 눕고 싶어. 몸이 무거워서 그래. 어쩌면 마음도. 그리고 다시 스르륵 꿈.

　　○

아주 멀리, 아주 멀리 어딘가로 떠나기 위해 짐을 꾸리고 있었다. 꿈속에서도 꿈인 걸 알았다. 나는 가고 싶지 않았는데 엄마는 가야 한다며 등을 떠밀었다. 꿈속에서도 꿈인 걸 알아서 가지 않아도 되는데 생떼를 부렸다.

저긴 너무 춥고 외롭고 쓸쓸하고 황량하단 말이야. 꿈 바깥에서도 이 말을 한 적이 있던가. 있었을 것이다. 자주 여러 번. 그래도 가야 해. 그게 너의 몫. 너의 짐. 꿈 바깥에서 들려오는 것만 같은 단호한 목소리. 무서워. 나 좀 그만 밀어. 그래서 짐 속에 무언가를 몰래 숨겨두었다. 꿈에서 깨면 써먹으려고.

○

　돌이켜보면 꿈속의 일들에는 다 이유가 있다. 며칠 전 퇴근길 버스에 앉아 기사님이 틀어놓은 라디오에 귀를 기울이고 있었다. 올해의 첫눈, 당신은 어디에서 무엇을 하셨나요, 저는 매년 첫눈을 기다린답니다. 아름다운 일이잖아요?

　그 말에 이번 첫눈이 오던 날 나는 무엇을 하고 있었는지 생각해보았다. 현장 사무실에서 누군가와 싸우고 있었지. 그의 권위에 맞서 이런 식으로는 업무를 할 수 없다고 했었지. 그때 슬쩍 바라본 창밖에서 눈이 날리고 있었고 그건 비둘기 깃털처럼 칙칙하고 우울했다. '첫눈'이라는 생각을 떠올리기도 전에 나는 이 현장에서 벌어지는 위험천만한 일들을 그대로 둬서는 안 된다며 입을 열었고 그렇게 눈은 기억 속에서 나보다 먼저 녹아버렸다.

　아니, 그러니까 첫눈 말고 한파주의보 말고 부족한 잠 말고 자꾸만 깨는 밤 말고 아침이면 사라지는 꿈 이야기들 말고 나는 왜 그랬을까. 왜 또 말했을까. 남들 다 넘어가는데, 바뀌는 건 없는데 누군가에게 찍혀 보복성 인사만 예상되는데 다음에도 또 먼 곳으로 발령이나 나겠지. 그러니 싸움은 내 글 속에서 내 꿈속에서나 할 일이지 왜 자꾸 바깥에서 싸우려 드는 걸까. 그러니까 균열 때문이야. 균열이 거기 있잖아. 우리가 매일 그 아래를 지나가잖아. 균열이 커질 수도 있잖아. 그러니까 또 어쩔 수 없이.

퇴근길에는 녹은 눈으로 거리가 질척거렸다. 아 맞다, 아까 눈 왔지. 그때까지도 첫눈이었다는 사실을 알아차리지 못했다. 그렇다면 나는 아름답지 않은 사람인가…… 하지만 아름다운 것을 몹시도 좋아하는 사람인데.

가령 잘 깎인 연필. 자근자근 씹어먹고 싶은 문장. 깔끔하게 펼쳐지는 갈매기 노트. 군더더기 없는 디자인에 온몸을 감싸주는 의자. 건물의 완벽한 비례, 투명하고 커다란 유리창. 누군가가 정성들여 빗질한 오래된 거리, 반듯하게 다림질한 셔츠 소매, 에드워드 양의 영화들. 키스 자렛의 연주, 못난이 토마토와 옥수수. 말라버린 빵에 계란 물을 입혀 포근하게 구워낸 토스트. 아름다움과 속에 귀신 하나 품고 사는 삶을 생각해본다.

지난주에는 현장에 조명 설치가 끝나 이십사 시간 점검을 했다. 늦은 밤 전기 소장님과 현장을 돌아다니며 수백 개의 펜던트 조명 높이와 위치를 마지막까지 수정했다. 현장에서 이 작업을 한다는 건 준공이 얼마 남지 않았다는 뜻이다. 커다란 공간에는 이제 먼지 대신 깔끔한 바닥 마루가 깔렸고 가구들이 오와 열을 맞춰 새로운 사람들의 손길을 기다리고 있다. 창밖은 한없이 껌껌한데 온갖 불을 훤히 밝혀 놓고 그 아래를 돌아다니려니 눈이 시큰거렸다. 차가운 실험실 한복판에 홀로 서 있는 기분.

인간이 보는 빛이란 그렇다. 아침에 보는 것과 오후에 보는 것, 늦은 밤 보는 것이 모두 다르다. 혼자 있을 때 보는 빛과 둘이 있을 때 보는 빛, 여럿이 와글와글할 때 보는 빛도 다르다. 어쩌면 그건 인간이 가지고 있는 눈 때문인지도 몰라.

손바닥만한 조도 측정기를 조명 바로 아래 두고 수치를 확인하며 수다를 떨었다.

"여긴 삼백삼십 룩스lux. 아까 저긴 오백오십 룩스 아니었어요? 편차가 너무 심한데."

"원래 등잔 밑이 어둡다고 하잖아요. 그것도 등잔이 하나 있을 때나 그렇지."

"평균 조도만 맞추면 되니까요."

"뭐든 평균 이상 하는 게 어려워요."

순간 말문이 막혔다.

"그러게요…… 소장님은 이번 프로젝트 어떠셨어요?"

그도 잠시 말문이 막힌 것 같았다.

"어딜 가나 고생이죠. 우리 이거 라인등만 해도 얼마나 쌩난리였어요. 빛이 퍼지네 마네 해서 샘플 테스트만 수십 번하고 겨우 확정하고 보니 또 천장 소방이랑 겹쳐서 늦어지고. 어우 지겨워. 저는 곧 퇴직할 거니까 그 생각으로 버티죠."

"그거 아세요? 어제 팔층에 또 누수 생겼어요. 소방에서 수압테스트할 때 밸브가 불량이었나보더라고요."

"어머, 천장 텍스 다 갈아야겠네?"

"아유 지겨워."

우리는 동시에 맥 빠지는 웃음소리를 내었다.

"소장님은, 퇴직하고 뭐하실 거예요?"

"글쎄요, 이제부터 생각해봐야죠. 슬슬 마무리할까요?"

"가시죠."

수많은 사람을 만난다. 일 때문에 만난 사람들 중에는 좋은 사람이 참 귀하다. 하루하루가 자본의 수치로만 계산되는 세상 속에서 우리 모두 각자의 모습을, 서로의 모습을 놓치고 사는 것일 뿐. 그래서 상대의 좋음을 알아차릴 시간이 허락되지 않을 뿐. 하기야 좋고 나쁨은 절대적이지 않고 그 순간 판단이 들어간 감정일 뿐이겠으나 또 나에게는 아주 중요한 정보인 것이다.

그러니 좋은 사람을 만나면 수다쟁이가 된다. 어쩌다 이 일 하게 되셨어요? 힘들지 않아요? 저는 힘들어 죽을 것 같아요, 아니 이미 죽은 걸지도 몰라요. 삶은 어떻게 살면 되나요? 꿈이 있으신가요? 아 어젯밤 꾼 꿈 말고요. 사실 그것도 좀 궁금하긴 하네요. 저는 화원을 하고 싶었어요. 꽃과 나무를 오래오래 만지며 질긴 사람이 되고 싶던 적 있어요. 비록 식물을 기르는 족족 죽여버리는 손을 가졌지만요.

나라는 귀신이 사람이라는 아름다움을 만나 잔뜩 신나
하는 순간이다.

1월 8일 ─ 일기

# 출근길

나는 고정되어 있지 않다. 나라는 사람은 고정되어 있지 않다. 사람은 고정되어 있지 않다. 사람을 사람이게 하는 것은 사람 간의 관계이다. 그러니 사람은 언제나 사람으로 존재할 수 없고 다만 사람이 되기 위해 매 순간 무언가를 해야만 한다. 가령 사람답게 보이기 위한 몸짓들. 인격을 흉내내는 몸짓들. 인격은 고정되어 있지 않다. 액체처럼 끝없이 흐른다. 얇아졌다가 두꺼워지기도 한다. 끊임없이 현상한다. 언제 어디서나 의식적으로. 사람은 사람이기 위해 연극을 한다. 타인의 사람됨을 믿으며 동시에 내가 사람으로 비추어지기를 기대한다. 수많은 역할이 있다. 나는 기술자였다가 예민한 애인이었다가 다정한 친구였다. 건물을 들여다보는 건축가였다. 오차 없는 일처리를 해내는 행정원이었다. 도움되지 않는 자식이었다. 글쓰지 않는 작가였다. 읽지 않는 독자였다. 계속 반복한다. 언제까지? 그런 건 묻지 않는 게 좋을 거다. 시간이 흐른다. 어떤 역할들은 떨어져나간다. 새로운 역할들이 주어진다. 영혼이 불화한다. 깊은 곳에서. 영혼은 여러 가면을 써야만 살아갈 수 있는 이 세계를 더이상 믿지 않는다. 영혼은 자신을 소외시키는 이 세계로부터 달아나기로 한다. 어디로? 침대로. 오늘의 가장 사적인 공간으로. 네이비 체크무늬 이불이 덮여 있는 침대에서만 나는 해방된다. 여러 역할이 떨어져나가고 옷걸이 같은 앙상한 자아만 남는다. 진정한 정체성을 찾는다. 평화를 찾는다. 불화가 사그라든다. 모든 것을 벗어버린 나는 벌레가 되어간다. 그레고르 잠자처럼 딱딱하고 짧은 다리. 부풀어오른 몸. 쉭쉭거리는 소리를 내는 주둥이. 그 소리는 너무도 낮고 기이해서 나에게만 들린다. 사람을 사람이게 하는 관계를 거부한 나는 더이상 사람으로 현상하지 않는다. 사람으로 현상하길 거부한다. 곧 알람이 울릴 것이다. 그러면 침대에서 일어나야만 할 것이다.

1월 9일

—

에세이

# 자기만의 방

첫 건축설계 수업에서 주어졌던 과제는 나만의 공간 찾기였다. 선생님은 지극히 개인적인 공간을 이해하는 데서부터 건축이 시작된다고 말했다.

대부분의 아이들은 자신의 방에서 시작했다. 나에게는 침대와 책상과 옷장이 있는 나의 방이 개인적인 공간이라고 느껴지지 않았다. 언제부터 거기 있었는지는 모르겠지만 어쨌든 그것들은 내가 선택하거나 배치하지 않았고(아주 못생기고 서로 어울릴 생각이 없는 것처럼 보였다) 더구나 집안의 자질구레한 잡동사니들로 안 그래도 좁은 방은 발 디딜 틈이 없었다. 나는 노란 장판과 녹슬고 삐거덕거리는 새시를 머릿속에서 지웠다.

그때부터 사방을 돌아다니며 온갖 곳을 관찰했다. 개인적인 공간은 대체 뭘까. 그 이전까지 나에게는 '개인적'인 것이라는 개념이 부재했다. 특히나 얼마 전까지 청소년이었던 입장에서 말이다. 화장실, 공중전화 부스, 도서관, 기숙사, 고시원, 동아리방, 호텔, 노래방, 피시방, 병원 대기실, 맥도날드, 스타벅스, 새벽녘의 농구장. 그 어느 곳도 개인적인 공간이라고 할 수 없었다. 아주 잠시 자기만의 순간을 보낼 수 있겠지만 그건 순전히 우연에 달린 일이었다.

어느 날 학교 독서실에 엎드려 낮잠을 자고 일어났는데 유독 사방이 조용했다. 대부분의 학생들이 자리를 비운 점심시간, 나는 기지개를 켜며 왁자지껄한 학생 식당으로 가느니 차라리 좀 늦은 점심을 먹겠다고 생각했다. 그때 빈 좌석들이 하나씩 눈에 들어왔다. 사람의 뒷모습에 가려져 있던 공간이 모두 환히 드러나 있었다. 가로 백십 센티미터, 세로 육십 센티미터의 공간은 하나도 같지 않았다. 나는 일주일 동안 독서실을 드나들며 사람이 없는 틈을 타 빈 좌석

들의 사진을 찍었다. 그것들을 사물의 유형별로 정리해보
면 다음과 같다.

### 책

온전한 전공책, 분철된 전공책, 세로로 꽂혀 있는 책들,
가로로 쌓여 있는 책들, 비전공책(소설책, 만화책, 대학내일
등등), 인덱스나 포스트잇으로 표시한 책들, 엎어놓은 책들.

### 필기구

펜 두어 개, 두꺼운 필통, 색색의 펜과 하이라이터 세트,
연필깎이, 포스트잇, 딱풀, 가위.

### 의자

방석, 등받이에 걸쳐둔 웃옷, 등받이에 걸쳐둔 가방, 책상
안쪽으로 잘 밀어넣은 의자, 책상 바깥으로 튕겨나가 복도
에서 사람들의 통행을 방해하는 의자.

### 전자제품

노트북, 전자사전, 엠피스리 플레이어, 핸드폰, 디지털 카
메라.

### 기타 생필품

우산, 치약칫솔 세트, 베개(거무튀튀한 색이다), 텀블러, 각

종 영양제, 빈 종이봉투, 안경집, 교통카드, 현금과 동전들.

**청결도**

지우개똥, 먹다 남은 사탕껍질, 뭉쳐져 있는 휴지, 음료 흘린 자국이 남아 있는 책상, 뭉친 머리카락, 구겨진 종이들.

이 목록은 한없이 디테일해질 수 있다. 펜의 색상, 브랜드, 책등의 주름과 모서리의 뭉툭함, 지우개의 크기(나에게는 하나의 지우개를 얼마나 오래 쓰는지에 따라 사람을 판단해버리는 나쁜 버릇이 있다) 등등. 하지만 이건 여기서 논할 내용이 아니다.

이 사진들을 모아 발표를 했다. 장기판처럼 가로 아홉 줄 세로 세 줄의 칸 속에 책상들을 하나씩 넣어주었다. 좋은 공간이란 잠깐이라도 개인적인 활동이 확보될 수 있는 작은 공간들이 곳곳에 숨겨져 있어야 한다고 말했다. (당시의 내가 이렇게 논리적으로 말했을 것 같지는 않다.) 어떤 크리틱을 받았는지, 이 콘셉트를 가지고 학기말에 무슨 작품을 만들었는지는 기억나지 않는다. 다만 선생님은 다음부터는 주인의 동의를 구하고 사진을 찍어야 한다는 말씀을 해주셨고 개인정보에 대해 생각해본 적 없던 나는 크게 반성하며 사진들을 지웠다. 그뒤로도 개인적인 공간을 찾기 위한 과정을 계속하고 있다.

막차 타고 집 가다 세상 모르게 잠드는 잠깐의 순간. 요가 매트 위에서 사바아사나를 하며 늘어지는 순간. 무대 뒤에서 또는 관객석에서 다음 막이 오르길 기다리는 암전의 순간. 점심시간에 불이 꺼지고 모두가 나간 사무실에 찾아오는 적막의 순간. 엘리베이터에서 한두 명씩 내리고 홀로 남은 순간. 작업자들이 모두 퇴근하고 텅 빈 현장을 점검하는 순간. 공사 현장에서 혼자 비계를 오르내리며 외벽 점검을 하는 순간. 휴일 전날, 암막 커튼을 치고 알람 없이 잠드는 침대 위의 순간.

하지만 이 모든 순간은 언제 어느 때고 쉽게 깨진다. 삶에는 타인들이 가득하기 때문이다. 버스 기사님은 '어어, 여기 종점이에요' 소리치고, 요가 수련은 언젠가 끝나 다같이 '나마스테'를 외치고, 옆자리 관객은 작게 흐느끼고, 윈도우 화면에 떠 있는 초원을 멍하니 바라보며 실제 초원도 저렇게 선명할까 생각하는데 '점심 안 드셨어요?' 하며 동료가 말을 걸어오고, 홀로 점검중인 현장에서는 민원인이 찾아온다.

이제는 내가 고른 가구들로 가득한 내 집에서도 타인을 생각하는 일이 더 많다. A언니에게 빌려주기로 한 책을 챙기고, B선배가 맡아주었을 때는 싱싱하던 식물이 왜 나의 돌봄 속에서는 기운이 없을까 생각하고, C선생이 추천했던 그때 그 인생 양념게장을 주문해볼까. 지난번 나누었던 대화를 돌이켜보고 우리의 소통이 부족하진 않았는지 곱씹는다. 나의 타인들 없이는 나도 없다. 그러니 어쩌면 개인적이기만한 공간은 없는지도. 없기에 이리 간절히 찾아 헤매는 것일지도.

얼마 전 인터넷에서 보았던 귀여운 글. 수영장에서 두 할머니들이 대화를 하고 있다. 요즘 머릿속이 아주 복잡해. 몇 평이나 된다고 복잡해?

과연 몇 평이나 될까. 머릿속에서라면 뭐든 할 수 있지. 아무도 모르게. 발 하나 겨우 디딜 수 있는 점 위에 서서 숨

참기 놀이를 할 수도 있고 온 우주를, 과학으로는 측정도 못하는 우주 너머의 무언가를 담을 수도 있다. 주먹 하나 겨우 들어갈 공간이기도 한 동시에 무한대로 펼쳐질 수 있는 공간인 것이다. 그러니 가장 개인적인 공간은 개인이 시작되는 그 지점인 바로 '나'라는 공간이고 그것은 가장 작으면서도 역설적이게도 가장 큰 곳이다.

하여 작디작은 나라는 공간, 나라는 몸, 나라는 땅, 나라는 세상이 흔들리지 않기를 바라는 마음으로 나는 오늘도 지하철에서 이어폰을 꽂고 눈을 감는다.

1월 10일
—
일기

# 완벽한 가방

몇 년 전부터 나는 완벽한 가방을 찾고 있다. 완벽한 가방을 찾기 위해 많은 패션 브랜드를 검색했고 후기를 찾아보았고 누군가가 그 가방을 들고 일상을 보내는 사진들을 들여다보았다. 내 것이 아닌 타인의 가방을 보며 '내가 원하는 가방'에 대한 상상을 계속 해나갔다.

그러니까 내가 원하는 가방은 이렇다. 민음사의 시집 한 권이 들어갈 정도의 크기(현재 많은 시집의 판형 중 민음사의 것이 가장 크기 때문이고 민음사의 시집이 들어간다는 뜻은 다른 많은 시집도 수용 가능하다는 뜻이다), 그렇다고 시집만 넣고 다닐 것은 아니기에 간단한 소지품, 가령 각종 약(편두

통, 생리통, 위경련, 식도염 등등), 지갑, 립밤, 충전기, 핸드크림, 블루투스 이어폰이 들어갈 정도의 크기, 아니 가끔 마주치는 길고양이들을 위한 작은 사료팩이나 츄르 몇 개도 들어갔으면 하고. 사실 시집 한 권만 들고 다니기에는 뭔가 아쉬우므로 문지 스펙트럼이나 1984Books의 아니 에르노 또는 크리스티앙 보뱅의 책이 하나 더 들어갈 여유가 있었으면 하고. 또 그렇게 되면 이런저런 메모를 하고 싶어진다. 물론 핸드폰이 있지만 하얀 무지 종이 위 연필로 이것저것 써내려가는 자유는 분명 다르니까. 얼마 전 무인양품 다이어리를 다 쓰고 새로 개봉한, 어느 건축사사무소에서 기념품으로 나누어준 몰스킨 노트도 들어갔으면 싶고. 사실 그렇다면 노트가 아닌 노트북이 있어야 어디에서든 맘 편히 작업할 수 있을 텐데 싶지만 아무리 노트북이 가벼워도 이것들을 모두 한 번에 지고 나르려면 어깨에 부담이 갈 테니 책 두 권과 간단한 소지품 정도로 타협을 보자.

가방 스트랩은 어깨에 걸쳤을 때 흘러내리지 않을 정도로. 너무 두꺼우면 투박하고 너무 얇으면 어깨가 아프니까 적당히. 기본적으로는 숄더백이지만 가끔 크로스로 멜 수도 있었으면 하고. 크로스로 멜 때는 가방이 너무 커서 몸을 움직이는 데 부담을 주지 않았으면 하고. 재질은 동물 가죽이 아닌 비건 가죽이나 캔버스 천이었으면 하고. 하지만 베지터블 가죽까지는 괜찮을 것 같고. 색상은 검정 말고 짙은 초콜릿색이나 짙은 와인색 또는 짙은 회색이어도 좋을 것 같은데 일단 너무 요란한 것은 싫고 복장을 가방 색에 맞게 신경써야 하는 번거로움은 없었으면 하고. 또 가장 중요한 디자인은 첫인상은 심플하고 깔끔하지만 자세히 들여다보면 그 누구의 가방과도 다른 아주 약간의 독특함이 들어간 것이었으면 하고. 모든 디자이너마다 가방에 자신의 로고를 새기는 것을 좋아하는데 그런 방식의 가방들은 가격이 비싸더라도 자칫 흔해빠지고 촌스럽게 보이기 쉬우니 로고는 아예 없었으면 좋겠다. 양보하자면 안 보이는 곳에 작게, 아주 작게만 새겨져 있었으면 한다.

그러니까 완벽한 가방을 찾아다닐수록 현실의 가방은 내가 원하는 가방과는 한참 멀어 보였고 내가 원하는 가방이라니 그런 가방이 이 세상에 존재하기나 할까 하는 의구심과 함께 어쩌면 이것은 정말 내 상상 속에만 존재해서 이렇게 상상하는 것만으로 역할을 다 했다고 믿는 그런 가방이 아닐까. 몇 년째 가방에 대한 생각과 상상과 서치가 계속되자 모든 가방이 지겨워지기 시작했고 종국에는 정말 가방이 필요하긴 한 건가 하는 생각과 함께 가방을 사야겠다는 생각을 접게 되었다.

1월 11일 一 시

# 나의 태몽은 멍

그 상자에 뭐 들어 있어?

꿈에 커다란 개 두 마리가 날 따라오더라고 아주 똑
닮은 하얀 개였어 눈밭 뒹굴며 잠깐 놀았을 뿐인데 겨
울 끝나 있더라 개 웃음소리가 얼마나 맑은지 아니 그
사이 나는 좀더 자라 있었고 푸석한 털과 흐릿한 눈의
늙은 당신들을 어찌해야 할까 우리집이 좁아서 한 마
리만 데려오려고 했는데 다른 한 마리도 자꾸 따라오
는 거야 애, 안 돼 저리 가 그래도 자꾸만 따라오는데
어떡해 그래서 계속 걸었지 우리 셋이서 오래오래

(사뿐사뿐 걷는 소리)


어느 날 나는 꼬부랑 할머니가 되어 있었고
어느 날 나는 부드러운 머리카락을 가진 소년
어느 날 나는 시들어버린 모과나무
어느 날 나는 하얗고 흰 멍멍개
어느 날 나는 눈밭에 미끄러지며 터지는 웃음
어느 날 나는 너의 탄생을 기다리는 염원


아이고 힘들다, 오래도 걸었지 허리가 아파 무릎도
아파 멍 그래도 자네는 다리가 네 개잖아 그럼 뭐해,
이렇게 짧은데 이젠 눈도 잘 안 보이는 것 같아 꼬리
좀 치워봐 오고 있대? 오고 있을 거야 멍, 언제 오려나
때 되면 어련히 오려고 우리가 먼저 가서 기다리지 멍


(작은 나뭇가지 눈밭에 떨어지는 소리)


그건 왜?
이거 보고 잘 따라오라고

잘했네 잘했어 그래서 언제 온대?

때 되면 어련히 오려고

멍


(자박자박 멀어지는 소리, 짤각짤각 상자가 흔들리는
소리)


많이도 채웠다 아직 한참 남았어 이건 또 뭐야 그냥
둬, 잊어버리는 약이야 그 옆에는 기억하는 약이고,
둘이 헷갈려서 가끔 반대로 복용할 때도 있어 그럼 이
건? 숨바꼭질할 때 필요하지 그럼 이건? 사랑하는 이
를 배신할 때 쓰면 돼 이거 다 무거워서 못 들고 가 그
럼 우리가 가져다주지 뭐


(쿵, 바닥 내려앉는 소리)


애, 그렇게 흔들지 마 지금은 몰라도 돼 풀어볼 생
각 말고 들고 가 좋은 것도 나쁜 것도 그 상자에 넣고
흔들어 그럼 언젠가 다 네가 될 거야

(맑게 웃는 소리, 멍멍)

아, 나 잠깐 졸았나봐

꿈에서 커다란 개 두 마리가 자꾸 어딘가로 멀리 가
는 거야 따라가려는데 왜 이렇게 발길이 무겁던지 왜
이리 눈이 감기는지 그리고 개들이 뒤돌아 웃는 거야
맑게 하얗게 아득하게 근데 그럴 리가 없잖아? 아니
그럴 수도 있겠다 싶었어 왜냐면 이건 꿈속이니까 내
세상이니까 다들 나를 기다리고 있으니까

그리고

맑게
하얗게
아득하게

계속 눈이 내렸어

1
월
12
일
—
에
세
이

# 이게 다 사랑 때문이다

이게 다 사랑 때문이다, 라고 시작하는 소설을 쓰고 싶다고 생각했으나 곧 그것이 얼마나 진부한지 깨달았다. 사실 따지자면 이게 다 사랑 때문이다, 라고 시작하는 소설을 읽은 기억은 또 없다. 이게 다 사랑 때문이다, 라고 시작해서 어떠한 기승전결을 가진 이야기가 내게 있는 것도 아니다. 그래도 모든 이야기는 이게 다 사랑 때문이다, 라고 시작해도 이상하지 않을 것이다.

얼마 전에는 친구의 신혼집에 다녀왔다. 사랑하는 사람과 함께 있는 친구의 모습을 볼 땐 저이가 저렇게 사랑이 넘쳤구나, 저 많은 사랑을 다 이고지고 살던 사람이었구나 싶었다. 줄줄 흘러넘치는 사랑을 보니 사랑이 하고 싶어졌고 어이구, 사랑이라니요 그게 다 무엇입니까 그런 번거로운 짓을 또 한다니요. 그러다 문득 오영이 생각났다. 내가 한 시절 사랑하고 미워했던 사람. 눈뜨고 감을 때까지 그를 생각했고 그의 몸짓과 사소한 습관들을 생각하다 지긋지긋해져서 모진 말들을 내뱉기도 했다. 나와 닮은 점을 부러 찾을 필요도 없는 사람이었다. 우리는 좋은 점도 끔찍한 점도 닮았으니까.

십 년 차 토목기사인 오영과는 아파트 건설현장에서 일하며 만났다. 거대한 시추기와 포클레인 옆에서 귀가 먹먹해지면 멍을 때리다 위험했던 경험을 나누며 우리는 낄낄거렸다. 누군가 죽었다는 소식이 들려오면 '쿵' 하는 소리가 현장이 아닌 가슴 어딘가에서 울렸다. 우리는 언제든 죽을 수 있는 사람이었다. 하지만 이런 현실을 바꾸기 위해 무엇을 해야 하는지는 알지 못했다. 휴일에는 함께 도장깨기 하듯 만두 맛집을 찾아다녔고 오영은 〈올드보이〉에 나오는 오대수처럼(그러고보니 둘 다 오씨다) 만두만 먹으며 평생 살 수 있다고 했는데 나는 만두가 유서 깊고 훌륭한 음식이지만 평생은 좀, 그 정도는 아니라고 선을 그었지. 하지만 같은 하늘 아래 같은 만두는 없다는 사실에는 둘 다 고개를 끄덕였다.

만두 하면 『삼국지』의 한 일화가 떠오른다. 제갈공명이 남만 정벌에 나서려는데 물길이 심상치 않았다. 사람 머리를 바치면 무사히 바다를 건널 수 있다기에 밀가루 반죽에 고기를 넣은 음식으로 제사를 지냈다. 사람을 바치는 대신 가짜 제물을 만들어낸 제갈공명에게도 사랑이 있었겠지.

오영은 나의 동료이다. 오영은 나 자신이다. 오영은 산 자이다. 오영은 죽은 자이다. 오영은 어제이고 내일이고 오늘이다. 오영은 내가 밀려 쓴 일기에 자주 등장한다. 내가 쓴 시 「기호」에 등장한다.

기호

어느 소도시에서 일을 마친 토목기사는 매일 저녁 똑같은 만두가게에 간다. 만두가게의 만두맛은 매일 다르다. 그건 세상에 똑같은 만두란 없기 때문이고 그건 어떤 재료도 같지 않기 때문이다. 어떤 부추는 어떤 부추보다 더 달다. 어떤 돼지고기는 어떤 돼지고기보다 먼저 죽었다. 오늘 현장에는 낙사 사고가 있었다. 각각의 사정을 토목기사는 알 수 없다. 그는 고기만두와 김치만두 사이에서 고민한다. 먹는 행위는 사람을 행복하게 한다는 말을 들은 것 같지만 누구의 말인지 기억하지 못한다. 매일 점심때가 되면 그와 동료들은 묵묵히 밥과 찬을 먹고 그늘에 앉아 담배를 피운다. 그때의 현장이라면 아무 일도 벌어지지 않고 하지만 현장은 언제나 거기에 있다. 일이 끝나면 현장을 벗어나 멀리 떨어진 곳에 찾아가 홀로 저녁을 먹는다. 내가 만두를 좋아하는 사람인가? 토목기사는 생각해본 적 없다. 그는 만두를 씹으며 마음속으로 현장의 높이를 그려본다. 그는 동료의 마지막 모습을 보지 못했다. 그는 오늘 동료의 이름을 처음 들었다. 가게를 나선 토목기사는 담배를 피우며 조용하다. 내일은 좀 더 기름진 것을 먹어야겠다고 생각한다.

이 시를 처음 읽은 친구가 어리둥절한 얼굴로 말했다. 그래서 하고 싶은 말이 뭐야? 만두 먹고 싶다고? 건설현장의 안전에 더 대비해야 한다고? 나는 무슨 말을 하고 싶은가. 사실 그걸 알지 못해 글을 쓰는 것 같다고 하니 친구가 웃으며 말했다. 아이고 이 어렵고 복잡한 사람아.

그러자 소설이 쓰고 싶어졌다. 내 일터인 건설현장 모습들을 하나하나 문장으로 옮기면서 나는 오영이 되었다. 그가 시달렸을 시추 기계의 커다란 소음과 컨테이너들. 그가 사랑했던 길고양이. 그가 언젠가 가보고 싶었던 세계에서 가장 메마른, 그래서 가장 황폐하고 조용한 대지일 아타카마 사막, 빛이 들어오지 않은 실내에서 오래 키웠으나 서서히 말라갔던 그의 화분을 떠올렸다.

그러니 이것은 나의 이야기이면서 나의 이야기가 아니다. 내가 미워하는 사람들 이야기면서 동시에 사랑하고 싶은 사람들에 대한 이야기이다. 이 복잡한 마음들이 공존해서 말하고 싶다는 욕망을 키우고 하지만 무엇을 어떻게 말해야 하는지 정확히 알 수 없어 계속 쓴다. 그러니 이건 다 사랑 때문이지 않나.


　또다른 사랑의 흔적들.


　사랑하는 친구가 최근 다시 연극을 시작했다. 무대에 오른 너를 보러 가야지. 매일 연습실을 오고 간다는 너의 하루도 상상해본다. 몸을 풀고 드라이 리딩을 하고 블로킹을 하고 자신이 등장하지 않는 수많은 장면의 연습 시간에는 뒤에서 가만히 기다리고 또 기다리고…… 네가 찍어 보내준 연습실 사진이 웃겨서 한참 들여다보았다. 맡은 배역이 너무 어렵다고, 그 아이랑 이야기 좀 하러 가겠다는 너는 참 사랑스러운 사람.


　니콜 크라우스의 소설 『사랑의 역사』를 읽는 데 두 달이 걸렸다. 첫날 삼분의 일을 읽었고 그뒤로는 출퇴근길 대중교통 속에서 운 좋게 자리가 나면 책을 꺼내들었다. 하지만 앉는 순간 잠이 몰려들어 책을 떨구기 일쑤였고 그렇게 몇 주를 지지부진하게 페이지를 넘기다 마지막 장면에 도달했다. 소녀가 세상에서 가장 늙은 할아버지의 눈을 들여다보자 거기엔 열 살 때 사랑에 빠진 소년이 있었다. 이름이 앨마인 소녀를 사랑한 적이 있느냐는 질문을 노인이 맞닥뜨리는 순간 이게 도대체 무슨 일인가 싶게 하염없이 눈물이 터져나왔다. 한 사람을 평생을 걸쳐 사랑해온 사람 앞에 그가 행해온 모든 일이, 사랑으로 시작했고 또는 사랑이 아니었지만 그 길에 사랑이 있었던 모든 일이 또다른 사랑으로 이어지고 연결되어 이제 다 늙어버린 그의 앞에 활짝 펼쳐졌을 때. 그러니 우리는 또 속수무책으로 사랑에게 마음을 열 수밖에. 그러니 우리 모두가 사랑의 역사를 살 수밖에. 옆에 앉아 있던 승객이 가방을 뒤져 꾸깃꾸깃한 휴지를 건넸다. 나는 고개를 주억거리며 휴지를 받아 얼굴을 묻었다. 오래된 햄버거 냄새가 났다. 남의 사랑은 또 이렇게 나를 울린다.


　얼마 전에는 현장에서 고객사에게 잔뜩 욕을 먹고 있었는데 갑자기 문장 하나가 떠올랐고 집에 가서 그걸 이어 쓸 생각에 신이 났다. (지금은 잃어버린 문장.) 그리고 일그러진 그의 얼굴을 가만히 들여다보며 나에게 얼마나 많은 사랑이 있는지 당신이 알기나 하는지, 이런 생각을 했다.

시를 쓰는 사람으로서 말을 하는 기회가 주어진다는 것은 아직도 어색한 일이다. 이 좋은 날 여기 앉아 제 이야기를 들으셔야 한다니…… 괜찮으시겠어요? 정말요? 하지만 그때 마주치는 얼굴들이 참 좋다. 무언가를 사랑하고 있는, 또는 느닷없이 사랑을 마주칠 준비가 된 사람들의 얼굴을 들여다보면 못돼먹은 내 마음 한구석도 말랑해진다. 이쯤 되면 이 글이 처음 시작한 사랑 이야기를 어떻게든 끼워 맞추고 싶어 여기저기 사랑을 갖다붙이는 것으로 느껴질 수 있겠다. 사실 그런 부분이 없지 않아 있지만 하지만 진짜 정말 참말 누군가의 글을 읽는 사람들이야말로 사랑이 가득하다고 생각한다. 그러니 나로서는 당최 알 수 없는 사랑을 알려주세요. 가르쳐주세요. 보여주세요.

1월 13일 — 시

# 겨울 손님

그때 그는 강변북로를 달리고 있었고 라디오에서는
스콜피온스의 〈Still Loving You〉가 흘러나왔다


(사랑이라니요, 아직도 사랑한다구요)


잠에서 깬 얼굴이 자동차 창문에 비쳐 한강 위를 부
유한다
목적지까지 안전하게 모시겠습니다, 손님
앞좌석에서 흐르는 목소리는 어쩐지 전생의 일 같고
눈물이 날 만큼 반가웠지만 목적지는 기억나지 않
는다

(시간 흐르는 것 좀 보세요, 올해도 며칠 남지 않았다
지요)


눈을 감고 떠올리는 마지막 장면
해변, 부드러운 것들이 녹아내리던 그날
아주 오래된 기억 속 그는 선크림과 아이스크림으로
범벅이 된 아이 하얗게 아주 하얗게
계속 달리던 아이
어디에든 갈 수 있었던 아이


그러다 문득 발걸음 멈추고 돌아서면
덮쳐오는 거대한 파도에 휘말리게 될 아이
똑똑, 난감한 표정으로 귀를 기울이던 아이


(북극발 한파가 이어지면서 한강이 서서히 얼어붙고
있습니다)


라디오 속 목소리는 조금씩 멀어져간다

돌이켜보면 그는 달릴 때 옆을 보지 않았고

함부로 질문한 적 없고 욕심낸 적 없는데

끝이라고들 했다, 벌써? 왜? 한잔들 더 해야지

비틀거리며 신발을 꿰차던 그는 저 멀리

얼어붙은 강 위를 걸어가는 누군가를 본 것도 같다


어딘가 낯이 익은 뒷모습

아주 작고 아주 부드럽고 아주 환한


(이런 사연들을 들으면 엽서가 쓰고 싶어져요)


그래도 목적지는 당최 기억나지 않고

창밖에는 검은 새가 날아간다

곧 신도시의 불빛이 새의 몸을 찢을 것이다

강바닥에는 흐르지 못한 수백의 이야기들


세상을 다 녹여버릴 만큼

부드러운 것이 뭐가 있을까 생각하는 사이

겨울 손님은 고요히 녹아내린다

(저기 꽁꽁 얼어붙은 한강 위로 그가 걸어갑니다)

1
월
14
일
—
일
기

머칠간 여러 곳을 돌아다녔다. 현장에 있었다. 공장에 있었다. 미술관에 있었다. 작은 찻집에 있었다. 기차에 있었다. 골목길에 있었다. 잘 알지 못하는 사람의 집에 있었다. 극장에 있었다. 지하층의 관객석에 있었다. 두 개의 발만 겨우 땅에 붙이고. 십구 년 후에 있었다. 꿈속에 있었다. 꿈 속에서 떨어졌다. 십구 년 전이었다. 문 앞에 있었다. 문을 열었다. 허공이었다. 원래는 계단이 있어야 하는 자리다. 그대로 추락했다. 다행히 꿈속이었다.

왜 이런 꿈을 꾸었냐면 실제로 얼마 전에 현장에 들어온 철제 계단 높이가 맞지 않았기 때문이다. 분명히 도면 검토도 제작 확인도 다 했는데 잘못된 계단이 도착한 것이다. 어쩌다 이런 일이 벌어졌을까 머리를 싸매며 괴로워하고 있는데 누군가 그 '잘못된 계단'을 굳이 현장 한가운데다 가져다두었다. 그렇게 보니 계단은 보잘것없어 보였고 안타깝기까지 했다. 미안하지만 너를 위한 자리는 없어. 나는 반장님에게 소리쳤다. 저것 좀 얼른 치워주세요.

그래봐야 해결되는 것은 없으며 세상에는 아주 많은 계단이 있다. 내가 원했던 계단. 내가 그린 계단. 내가 예상했던 계단. 내 앞에 있는 계단. 내가 수정해야 하는 계단. 그 어느 것도 진짜는 아니다.

여러 사람을 보았다. 하나인 사람. 둘인 사람. 셋인 사람. 내가 아닌 사람. 나였던 사람. 그가 곧 내가 될 사람. 사람들은 왜 자꾸 우리가 되려고 할까. 우리에서 빠져나오는 사람. 우리를 거부하는 사람. 우리 이전을 떠올려보는 사람. 우리가 아닌 나를 되돌려 받고 싶은 사람.

아주 지친 하루를 보내고 나면 혼자 식사를 하고 싶어진다. 오롯이 나에게 집중하는 시간. 내 안에 들어가는 음식들을 고르고. 한입씩. 천천히. 아무런 소음도 어지러움도 번뇌도 없이. 어느 날은 시청 앞에 앉아 도시락을 먹었다. 인근 식당에서 포장해온 카레와 밥이었는데 숟가락이 작아 손에 카레를 왕창 묻혔다. 다 먹고 나서는 양 손가락을 쪽쪽 빨았다. 아무렴 어때. 하늘이 맑았다. 오, 겨울 하늘. 10월에 만난 지인이 다음번에 만날 때는 조금 더 뚱뚱한 차림새로 만나자고 했다. 아직 그를 만나지는 못했다. 하지만 잘 있을 것이다.

어제는 리스트의 〈Consolation〉을 들었다. 요즘은 엘리베이터를 타고 오르내리는 일을 많이 하는데 일반 사람들처럼 승강기 안에 타는 것이 아니라 엘리베이터 위에 올라가 레일과 모터를 점검한다. 레일과 모터라는 단어는 왠지 모르게 클래식과 아주 잘 어울리지만 또 그래서는 안 될 것도 같다. 어쨌든 엘리베이터를 점검중이라는 뜻은 건물이 거의 다 지어졌다는 말이다. 준공이 얼마 남지 않았다. 문제들은 계속 생긴다. 그것들은 서로 도모하며 또다른 문제를 낳는다.

머칠 전에는 스타렉스를 끌고 샌드위치 판넬 공장들을 돌며 단열재를 구하러 다녔다. 맨손으로 그라스울을 집어 마대에 담는 나를 보며 공장 직원들은 기함을 했다. 안 돼요. 독 올라요!

친절한 누군가가 장갑을 가져다주겠다며 사무실로 뛰어 갔지만 그가 돌아올 때쯤이면 출발해야 하는 상황이었다. 현장으로 돌아가는 길에 역시나 벌게진 손등과 목을 계속 긁었다. 사거리에서 신호를 기다리고 있을 때 친구에게서 메시지가 도착했다. 이거 네가 찾던 책 맞지?

사진에는 빨간 양장 책이 있었고 표지 중앙에는 김정일이 선글라스를 살짝 내리고 눈을 치켜든 채 마트 물건들을 바라보고 있었다. 기뻐서 그이에게 바로 전화했다. 그래 이거야, 진짜 김정일 화보집이라니까! 근데 이거 한국에서도 구할 수 있으려나.

『Kim Jong Il Looking at Things』라는 책에서 김정일은

평양의 잘 닦인 도로 위에 있다. 최신식 아파트에 있다. 공장에 있다. 학교에 있다. 국군 훈련장에 있다. 병원에 있다. 논밭에 있다. 백화점에 있다. 수족관에 있다. 김정일이 모든 곳에서 모든 것을 바라보고 있다. 김정일이 Looking at things 하는 사진을 핸드폰으로 들여다보며 이 책을 어디서 봤더라, 생각한다. 아마도 남미의 어느 서점이었을 것이다. 빨간 장정의 책은 비닐에 싸여 있어서 내용을 볼 수 없었다. 계속 입맛을 다셨으나 서점 주인은 내 쪽으로는 눈길도 주지 않았다.

현장 작업자들은 시간에 맞춰 단열재를 구해온 나를 보며 기립박수를 쳤다. 급하게 수정된 도면을 따라 지붕 단열 공사를 추가로 진행했다. 만약 이 작업을 오늘 끝내지 못한다면 내일부터 예정된 방수 공사가 밀린다. 방수팀 일정을 조율하다보면 최소 이 주가 미뤄질 것이다. 그러면 준공이 늦어지고 고객사에게 욕을 먹고 본사에 사유서를 제출해야 하고 나의 휴가도 밀리겠지. 갑자기 평시에는 먹지도 않는 콜라가 몹시 땡겼다. 북한에도 콜라가 있을까. 북한 여행을 가는 것은 나의 오랜 바람이다.

『문화재 다루기』(열화당, 2022)라는 책의 초반에는 이런 말이 나온다. 유물을 보관하는 가장 좋은 방법은 빛이 들어오지 않는 장소에 넣고 열지 않는 것이다. 이 말이 너무 좋아서 엎드려 읽다가 번쩍 일어났다. 어떤 문장은 우리의 발목을 잡아챈다. 앞으로 더 나아가지 못한 채로 그 문장에 한참 갇혀 지낸다. 그런 문장과 맞닥뜨리는 일은 자주 일어나지 않으니 책을 덮고 한동안 충만한 상태를 즐겨도 좋다. '빛이 들어오지 않는 장소에 넣고 열지 않는다.' 이 문장을 계속 중얼거리며 집안일을 했다. 섬유유연제를 가득 넣고 이불을 빨았고 아직 정리하지 못한 여름옷(그렇다, 1월인데도 옷장에는 여름옷과 겨울옷이 같이 걸려 있다)을 접어 서랍 깊은 곳에 넣어두었다. 책장과 찬장에 쌓인 먼지들을 털었다. 어떤 문장을 떠올렸지만 곧 지웠다.

공간 안에서 나는 공간을 만들며 또다른 공간을 생각한다. 그렇게 나는 여러 공간에 동시에 존재한다.

문장을 읽으며 나는 새로운 문장을 만들고 지운다. 그렇게 쓰지 못한 문장들을 평생 그리워한다.

1
월
15
일
—
시

# 정월

마당은 텅 비어 있다

기지개를 켰다

어제 잠들기 전 읽은 소설 속 장면을 생각한다

두툼한 양말을 꺼내어 아주 꼭 닮은 두 짝을 들여다
본다
　그런데 오른쪽 왼쪽을 다 신어도 무언가를 잊은 것
만 같다

나에게 잃어버린 발이 있기라도 한 것처럼

어젯밤 달아나기라도 한 것처럼


식탁 위에 검은 비닐봉지

모락모락 김이 나는 저건 무엇일까


엄마, 엄마 소리쳐 부르지만

돌아오는 답은 없고


그런데 엄마는 누구일까


왠지 저것을 열면 아주 슬픈 일이 생길 것 같지

사실 이것도 소설 속 장면


찬장에서 귀밝이술을 꺼내어 마셨다

작년에 먹다 남긴 것이라고 했다


폭죽이 터진 것처럼

나를 찾는 아침이 밝아온다

1월 16일 ─ 시

# 경로이탈

조각조각 천조각들 모아 너는 보자기를 만든다

그건 자꾸만 커져서 식탁도 덮고 침대도 덮고 우리
집도 덮고 마당 앞 매화나무도 덮고 들판도 덮고 밤하
늘도 덮고 그러다 그 아래서 꿈꾸던 우리들도 덮겠어

갖고 싶어? 너는 물었지

해와 달과 너른 들판에 이어
호랑이와 봉황과 버섯을 수놓은 날 사라질 거면서

보자기 들춰보니 거기엔 따뜻한 밥이 있었다
한술 크게 떠서 꼭꼭 씹어먹으며 너에게로 가는 길
을 떠올려


보자기를 반으로 접고
그리고 한번 더 접으면
들판이 해를 삼키고
버섯은 사자를 업고 춤춘다


이 길이 아닌가,


대각선 방향으로 두 모서리를 겹쳐놓으면
이번엔 달 속에 버섯 피어나고 봉황이 해를 뛰어넘
는다


접을 만큼 접어 작아진 보자기를 깔고 앉으며
네가 덮고 싶었던 건 무엇이었을지 생각해


그러다 잠이 들었고

꿈에서 바늘 한 쌈을 찾았다


내 보기에 그걸로 뭐든 할 수 있겠다만,
호랑이가 어깨너머로 참견을 한다


작은 문 하나를 수놓았지
이 문 열고 돌아올 누군가 생각하며


막상 꿈에서 깼을 때
보자기를 덮고
내 옆에 누워 있던 사람의
한때의 꿈도 기억하지 못하는 내가

1
월
17
일
—
에
세
이

# 경로이탈

02번 남산순환버스는 충무로와 동국대를 지나고 장충단로를 타고 국립극장 안으로 들어가 매표소 뒤로 이어지는 남산가을단풍길을 달린다. 이 길에는 산책자를 위한 인도와 남산타워로 향하는 사람들이 가득한 순환버스가 다니는 일차선 도로뿐이다. 남산타워를 구경하고 내려가고 싶다면 같은 버스에 올라 남산도서관을 지나 케이블카 시작점을 지나 숭의여대나 남산예장버스환승주차장에서 내려 명동역으로 가면 된다.

02번 남산순환버스 노선이 커버하는 면적을 지도앱으로 계산해봤다. 약 2.1㎢. 서울 면적이 약 600㎢이니까 이의

0.3%를 순환버스는 달린다. 얼마 전에는 무려 십 년 만에 남산에 올랐고 예전에는 당연히 걸어올라갔던 길을 이제는 당연하게도 버스를 타고 올랐고 버스에서 내려 타워까지 가는 그 짧은 언덕길마저 헉헉거렸는데 그 와중에 남산에서 내려다보이는 한낮의 서울이란 지나다니면서 보았던 건물들을 알아맞히며 익숙한 곳들을 끝없이 복기하는 일이었다.

장충체육관, 롯데타워, 페럼타워, 부영빌딩, 구한국은행, 청와대, 63빌딩 등등. 저 건물 모두 자기만의 과거를 지니고 있다. 1994년 11월 27일 오전 열시 서울 여의도 라이프빌딩(지하 이층, 지상 십팔층)이 단 오 초 만에 해체됐다. 엔지니어들이 지켜보는 가운데 발파 단추를 누르자 육십칠 미터짜리 건물은 단숨에 주저앉았으며 다이너마이트 이백오십 킬로그램, 약 육억오천만 원의 해체 비용이 소요되었다. 이때 날아간 건물 파편들로 인근 빌딩의 유리창이 모두 깨졌으며 사무실 컴퓨터에 분진이 들어가 망가졌다. 시간이 지나 이 자리에는 63빌딩이 들어섰다. 나는 이곳을 동아리 선배 결혼식에 참석하느라 딱 한 번 가보았는데 입구에

MB의 화환이 있었다. 우리는 선배네 집이 꽤나 대단한 집안이라는 걸 그때야 알았으며 좀더 잘 대해줄걸 농담을 했지만 그중 몇 명은 저 불경한 화환을 돌려 문구가 보이지 않게 해야 한다고 중얼거렸다. 코스 요리가 생각보다 맛이 없었고 양이 적었던 기억이 난다.

옆에 있던 등산복 차림의 아저씨 두 사람이 흐릿한 봉우리들을 가리키며 저것이 북한산입네 아니아니, 그 옆에 저것이지 하며 대화를 나누고 있었다. 팔각정과 그 앞에서 사진 찍는 사람들, 초상화 그리는 사람들과 육중한 남산타워는 십 년 전, 이십 년 전, 삼십 년 전(이때의 모습은 기억이 아닌 사진첩 속에만 남아 있다) 모습과 변함이 없었고 그러니 십 년 후에도 그대로일 것이다.

하지만 십 년 후에도 남산타워에 올 수 있을까. 미래를 생각하면 물때가 낀 샤워부스가 떠오른다. 지워지지 않는 불투명함. 그때까지 일을 하고 글을 쓰고 타인과 관계를 맺고 나 자신을 지긋지긋하게 여기지 않고 버텨낼 수 있을지 지금의 나는 알 수 없다. 그것들은 매일의 선택이 누적되어 만들어지는 결과일 테고 내가 때때로 어떤 선택을 할지 스스로도 궁금할 때가 많다.

난간 곳곳에는 자물쇠들이 주렁주렁 달려 있었고 그중 바깥쪽 난간 자물쇠들은 먼지와 녹으로 덮여 지저분해 보였는데 그 옆에서 누군가는 또 새로운 자물쇠에 이름과 약속들을 써넣고 이를 매달 적당한 곳을 찾아 두리번거리고 있었다. 저기 어딘가 나의 자물쇠들도 있을 것이다. 그 시절을 함께 났던 타인과의 흔적이겠지. 빼곡하게 매달린 쇳덩이들을 보자 조금 징그러웠고 이 무게를 이고 지고 있을 남산에게 미안한 마음까지 들었다. 하지만 나의 X들은 매년 이곳에 올라와 새로운 사람과 자물쇠를 사서 걸기를 바랐다.

그러니까 남산은 묘하게도 과거와 현재와 미래가 중첩되는 공간이고 심지어 이것을 마케팅으로도 잘 활용하고 있었는데 (이곳에는 '타임캡슐' '미래의 나에게 편지 쓰기' 같은 이벤트가 가득하다) 남산을 내려가는 것이 미래로 나아가는 길일지 과거의 반복일지 영원히 알 수 없을 것 같았다. 어느

쪽에 더 가깝든 사실은 상관없다는 마음인데 모든 미래는 모든 과거의 반복이라는 생각을 근래 들어 자주 한다.

567번 버스는 파주와 신촌을 잇고 고양시를 지나 삼송, 원흥, 은평구, 홍은동, 연희동을 달린다. 일산에 살며 강북에 있는 학교를 다닐 땐 잘 구축된 광역버스 노선 덕분에 아무 빨간 버스에 올라 졸다보면 집 근처에 도착해 있었다. (푹 자고 일어나보니 파주인 경우도 있었지만……) 수색로와 중앙로를 빨간 버스는 무법자처럼 달렸다.

경기도인은 인생의 이 할을 대중교통 위에서 보낸다는 말이 있다. 하지만 이 시간 동안 창밖을 내다보기만 한 것은 아니었다. 나는 살면서 대부분의 독서와 과제를 버스 안에서 했다. 한국 소설과 희곡 작품들을 닥치는 대로 읽었고 분철된 구조역학 뒷장의 3차 부정정구조 풀이과정을 열심히 베꼈고, 건축이론 과제 쪽글을 아무렇게나 써냈다.

아주 가끔은 567번을 탔다. 광역버스보다 배는 걸리는 이 버스를 굳이 탈 필요는 없었지만 배차간격이 길어 자주 보이지 않는 567번이 중앙차로로 스윽 들어오면 게임하다 레어템을 만난 것처럼 반가운 마음에 나도 모르게 홀린 듯이 초록버스에 오르곤 했다. 오지랖 넓은 동네 사람처럼 여기저기를 다 쏘다니는 버스에 앉아 있을 땐 독서와 과제 대신 사람 구경, 동네 구경을 했다. 그러면 천천히 달리는 버스 차창 너머 도로와 상가가 다 들여다보였다. 정류장에 다닥다닥 붙어 서 있는 사람들의 표정과 그들이 손에 들고 있는 사물들, 만두가게 앞의 김이 펄펄 오르는 찜솥들, 호텔 셰프 출신이 하는 짜장면집의 메뉴판, 고깃집에서 김치와 밥을 볶는 사람들, 횟집의 수족관 등을 볼 수 있었다.

얼마 전 아주 오랜만에 이 버스를 타 여전히 북적거리는 은평구를 보았다. 또 한때는 가로등도 인도도 없던 삼송마을, 원흥마을이 번쩍거리고 바쁜 도시가 되었음을 새삼 느꼈다. 또 최근에 알게 된 것은 우리에게 오는 택배의 경로가 꽤나 복잡하고 거기에는 여러 사연이 있다는 것. 속도와 편리함을 최우선으로 여기는 대한민국에서는 인터넷으로 물건을 사면 대부분 이삼 일 내로 문 앞에 도착해 있다. 장보기 새벽배송과 책 당일배송 서비스도 있다.

기쁜 일인가, 아마 그럴 것이다. 갖고 싶었던 물건이나 필요한 물건을 빨리 받는 일은 좋은 일이니까. 이로운 일인가, 그럴 리가. 빠른 서비스를 받는다는 것은 나 또한 누군가에게 그만큼 빠른 서비스를 제공해야 한다는 뜻이다. 모두가 조금씩 빨라지는 속도에 익숙해지는 사회에서 느림은 미학이 아니라 잘못으로 인식된다.

그래서 당장 급한 물건들은 온라인으로 잘 사지 않는다. 하지만 이 또한 '그러지 않을 수 있는 환경'이 나에게 우연히 조성되어 있어서임을 잘 안다. (집 앞에는 다행스럽게도 자정까지 영업하는 동네 마트가 있다. 회사 근처에는 사워도우로 만든 캄파뉴를 파는 빵집이 있다. 근처 동네서점이 어디에 있는지, 언제 영업을 하는지 안다. 온갖 곳에 편의점이 있다.) 어쨌든 택배가 늦게 오더라도 나는 별로 상관하지 않는 편인데, 얼마 전 주문한 (겨울 내복으로 입기 위한) 폴라티가 보름 넘게 도착하지 않자 문득 궁금해져 택배 발송 현황을 클릭했고 그렇게 내 폴라티의 자세한 여행 노선을 볼 수 있었다.

17:28 고객님 상품을 집하하여 영등포터미널에 입고되었

습니다

21:11 영등포터미널에서 남서울터미널로 이동중입니다

21:51 남서울터미널에 도착하였습니다

03:05 남서울터미널에서 고양터미널로 이동중입니다

03:50 고양터미널에 도착하였습니다


그러니까 폴라티는 업체 설명에 의하면 재고가 떨어져
일주일 넘게 발송을 못하고 있다가 드디어 제작이 완료되
어 하나씩 포장된 상태로 각자의 목적지로 떠났다. 내 폴라
티는 영등포에 도착한 지 약 두 시간 반 만에 남서울터미널
로 출발하여 사십 분 만에 도착했다. 거기서 하룻밤도 채 보
내지 못하고 새벽 세시 오분에 다시 길을 떠나 사십오 분 뒤
인 세시 오십분에 고양에 도착한 것이다.


저 시간의 흔적들을 보며 뭐라 말할 수 없는 울적한 기분
이 들었는데, 분 단위의 시간 관리는 결국 우리에게 도착할
사물들을 제어할 뿐 아니라 우리 행동까지―주문하고 수

취하고 택배 상자를 분리수거하고 물건을 사용하고 또다른
물건을 주문하는 시간을 포함해—제어하고 결국 우리는 더
욱더 철저하고 잔인하게 시간의 구속을 받는 존재가 될 거
라는 사실, 시간을 미분해서 더 작고 더 미세한 어느 순간에
도 자유롭지 못할 거라는 예감 때문이었다.

결국 우리를 견디지 못하게 만드는 건 '도착 예정 시간'이
다. EXPECTED. 기대 심리에 따라 뇌는 '예정 시간'에 어떤
반응을 할지, '예정 시간' 이후에 어떤 일정들을 수행해야 할
지를 멋대로 짜버린다. 오늘 도착하기로 한 택배가 하루이
틀 늦어버린다면 그건 오늘 입으려 했던 옷, 오늘 쓰려고 했
던 식재료의 단순 부재를 뜻하는 것이 아니다. 그에 따른 온
갖 기대 심리들, 새 옷을 입고 느끼고 싶었던 산뜻한 감정,
누군가를 위해 요리하고 싶었던 저녁, 입맛, 무드, 약속의
어그러짐과 그에 따른 상실, 허탈로 이어진다. 그렇게 우리
는 늦게 온 택배에게 불만을 표시한다.

운전을 하면 내비게이션 도착 예정 시간이 조금씩 늘어
날 때마다 초조해진다. 계획과 다르게 늦어지면 도착하는

순간 누군가에게 사과하고 양해를 구해야 한다는 생각에 짜증이 나고 깜빡이 없이 끼어드는 차들을 보며 더 신경질이 나고 그렇게 기분이 엉망인 상태로 목적지에 도착한다.

그러니까 예정 시간이 없었으면 한다. 어제는 십 분 걸린 길이 오늘은 한 시간 걸릴 수 있고 어떤 택배는 잊어버리고 사노라면 몇 달 뒤 깜짝 선물처럼 도착하고, 누군가는 십대에 첫 직장을 얻고 누군가는 칠십대에 첫 결혼식을 올리듯 좋은 기회나 알맞은 시기는 모두에게 다르니 세속적인 시간이 의미가 없어졌으면 좋겠다. 광역버스를 타는 대신 동네 오만 곳을 들러 가는 버스에 올라탔으면 좋겠다. 그렇게 모두가 시간을 무시하며 살았으면 좋겠다.

$$f'(x) = \lim_{\Delta x \to 0} \frac{f(x + \Delta x) - f(x)}{(x + \Delta x) - x}$$

이것은 미분 함수다. 주어진 차원을 아주 작게 나누는 것. 얼마나 작게 나누냐면, 델타 x가 0에 수렴한다고 극한limit 으로 가정할 정도로 작게 나눈다. 연속이 잘게 쪼개져 더이상 덩어리로 인식되지 않을 때까지. 세계를 바라보는 방식이 한 차원 내려간 것처럼 느껴진다. 공간은 면처럼 보이고 면은 선처럼, 선은 점처럼 환원되는 순간. 처음 미적분을 배웠을 때 그 개념에 감탄했던 기억이 난다. 내 대학수학 성적도 감탄스러울 정도로 엉망이었지만. 그러니 자꾸만 시간을 쪼개 쓰다가는 우리는 다른 차원의 사람이 되어버릴지 모른다.

1
월
18
일
—
시

# 대청소

그때 나는 누워서 핸드폰을 들여다보던 중이었다 어디선가 문 두드리는 소리 (똑-똑똑) 누군가가 누군 가를 부르는 소리에 (저기, 이것 좀 열어봐요) 몸을 반쯤 일으켜 집안을 둘러보았다 아무런 기척도 없었다 그러더니 갑자기 옷장 문이 벌컥 열리고 초록색 이파리가 가득 새겨진 원피스 한 벌이 수줍게 걸어나왔다 (여기가 얼마나 더운지 알아요?) 자세히 보니 그 옷은 몇 해 전 여름 내가 자주 즐겨 입었던 옷이었는데 어느 날 흘린 찜닭 국물이 아무리 해도 지워지지 않아 그냥 옷장 속에 던져넣었었다 그는 마치 얼굴이 거기 있기라도 한마냥 오른쪽 소매를 들어올려 땀을 닦는

시늉을 했다 나는 여차하면 도망을 가거나 공격할 셈
으로 몸을 좀더 일으켰지만, 원피스는 이파리들을 우
수수 흔들더니 약속만 하고 만나지 못한 사람들을 만
나겠다며 사라졌다 (저 기다리지 마세요) 눈만 껌벅이
고 있는데 옷장 문이 열렸다 이번에는 보풀이 잔뜩 일
어난 잿빛 스웨터가 뛰쳐나왔다 그는 옷장 속으로 들
어가 (아, 맞다!) 무릎 튀어나온 청바지도 끌고 나왔다
둘은 다음 장면이 생각난 김에 영화를 마저 찍고 오겠
다며 (수류탄을 던지는 거야!) 집을 나섰다 빨간 체크
무늬 남방과 카고 바지가 백두산 호랑이를 때려잡는
다며 사라졌고 (아, 고것이 조선시대 때부터 있던 호랑
이라고!) 두꺼운 오리털 롱패딩이 옷장 문을 열고 (끙
차) 기어나오더니 남산에 올라가본 지가 언제냐며 기
지개를 켰다 (간만에 돈가스 좀 먹어볼까) 그렇게 다들
차례로 집을 나섰다 활짝 열린 옷장을 보며 저기, 문
은 닫고 가셔야죠, 소리쳤지만 옷장은 텅 비어 있었고
이제 나가려고 해도 입을 옷이 없으니 이거 큰일이구
나 싶었지만 어쩐지 해야 할 일들을 다 한 기분이 들
었고 오랜만에 실컷 잠이나 자야지 싶어 옷장 속으로

걸어들어갔다

1
월
19
일

—

일
기

# 쓸고 닦는 밤

오늘도 청소를 한다. 아침에 눈을 떠서 새벽녘 눈을 감는 순간까지 나에게 청소는 언제 어느 때나 자연스러운 행위이다. 침대 시트 털기, 이불 정리하기, 베갯잇에 붙은 머리카락들 떼어내기, 설거지하고 하수구에 붙은 음식물 찌꺼기 처리하기, 싱크대에 식초를 탄 뜨거운 물을 붓고 마른행주로 닦아내기, 욕실 실내화는 베이킹소다 푼 물에 담가두기, 주방세제로 욕실 유리벽 닦기, 락스 뿌려둔 타일 사이사이를 문지르기, 오래된 치약으로 수전 닦아내기 등등.

이 목록은 끝없이 쓸 수 있을 것만 같고 마치 쓰던 문장이 다음 문장을 불러오듯이 청소란 하나의 행위가 다음의 행위를 불러오는 것만 같은, 그래서 하루종일 하려면 할 수도 있을 것만 같은, 하지만 글을 쓰는 것과 마찬가지로 금방 바닥이 나버리는 적은 체력과 어차피 살아 있는 몸 덕분에 금방 또 더러워질 텐데 무슨 소용인가 싶은 허탈감에 중간중간 멈추기도 하는 그런 것이다.

이 행위들은 단순히 나에게 깨끗하고 위생적인 공간을 제공하기 위한 것이 아니다. 내가 있었던 흔적을 최소화하고 무화시키는 노력이고 그러므로 현실과 일상생활의 진부함과 단조로움과 지긋지긋함으로부터 어떻게든 벗어나고자 하는 몸부림이다.

흔적 제거하기. 그러니까 가령 커피를 마신다는 행위는, 커피콩을 갈고 필터에 넣고 뜨거운 물을 조금씩 흘려보내고 그렇게 내린 드립 커피 한잔을 들고 소파에 앉는 것을 말하지 않는다. 그것으로는 부족하다. 덜어낸 커피콩 봉투를 잘 오므려 선반에 올려두고, 물을 끓인 포트를 제자리에 놓고, 잘 말린 커피 필터를 쓰레기통에 넣고, 커피잔을 씻어 설거지통에 넣어놓는 행위를 포함한다. 무언가를 하기 위한 과정이 정리되어 그 이전과 동일한 상태로 돌아갈 때, 그래서 그 행위(커피를 마신다)의 흔적이 남지 않을 때, 그제야 나는 일상으로부터 벗어났음을, 탈선하였음을 느낀다. 하지만 이 감각은 오래 유지되지 않는다. 다시 또 먼지가 쌓이고 물때가 끼기 때문이다.

오랜만에 본가에 다녀왔다. 엄마의 손길이 곳곳에 닿아 있는 집은 언제나 깨끗하고 하얗다. 그렇게 공간을 유지하는 일은 정말 어려운 일이다. 나 또한 청소와 정리정돈에는 한 전문성을 발휘하지만 결벽증이 있는 엄마를 따라갈 수는 없다. 엄마의 집에서 가장 감동스러운 부분은 세면대이다. 우리집에서는 삼 일에 한 번꼴로 세면대를 청소해도 돌아서면 뭔가 누렇고 불쾌한 느낌인데 엄마의 세면대는 파리가 앉으면 미끄러질 정도로 깨끗하다. 그런데 파리가 정말 미끄러지기는 할까, 우리 눈에야 세면대가 오목한 곡선이지만 아주 작은 파리의 입장에서는 평면에 더 가까운 것이 아닐까 싶다. 곡선을 한없이 확대하면 그것은 무수히 작은 직선들의 모음이므로, 그러니까 파리에게도 입장이라는 것이 있고, 지구는 둥글고 우리는 평지를 걷고 있고, 어쨌든 세면대는 도자기이다. 그러니까 흙으로 빚어서 구운 물건이라는 뜻이다. 사실 화장실에 있는 대부분의 것들이 그렇다. 세면대와 좌변기를 통틀어 위생도기라 부르고 바닥에는 흡수성이 제일 낮고 마찰력이 높아 미끄러지지 않는 자기질 타일을, 벽체에는 도기질 타일을 쓴다.

갑자기 왜 타일 얘기를 하게 되었는지 모르겠지만 타일 공사는 고도의 기술이 요구되는 작업이고 (현장에 있을 때 A급 타일공 모시려고 방수 공사 일정을 미친듯이 당긴 적이 있다. 하지만 결국 B급 타일공이 시공한 타일은 모서리가 맞지 않았고 메지 간격도 일정하지 않아 뜯어내고 다시 했다) 화장실 청소도 집안 그 어느 곳보다 까다롭고 전문적인 분야다. 타일과 타일 사이에는 물론 곰팡이나 세균이 번식하지 못하도록 실링 처리가 되어 있기는 하지만 물이 때가 많고 어디든지 침투할 수 있다는 것을 혼자만의 화장실을 가져보면 안다. 나는 락스(에도 여러 종류가 있다)를 비롯한 여러 청소용 세제와 도구들에 관심이 많고 마트에 가면 그것들을 구경하느라 오랜 시간을 쓴다.

내 주변에는 청소와 친하지 않은 지인이 하나 있다. 그에게는 각 사물들에게 고유한 제자리가 있다는 개념이 없다. 바닥에 왕창 널브러져 있는 물건들은 언젠가는 제자리를 찾아가기 위한 진행형 상태라는 말을 당당히 하는 그를 보며 나는 할말이 없었다. 사물이 자리를 찾아가는 과정을 존중할 줄 아는 그는 섬세한 시각을 가졌으며 타인들에게는 다정한 사람이고 사물들에게는 좋은 동반자일 것이다. 하지만 그의 집에 놀러갔다가 도둑이 든 것으로 착각해 신고할 뻔한 사태가 여러 번 있었다.

사실 물건들이야 언제든 통제할 수 있으므로 진행형 상태라 할지라도 하룻밤 정도는 모른 척 할 수 있다. (하지만 나는 밤새 뒤척이며 마음에 걸려 하다 결국 이불을 박차고 청소를 하고야 손톱까지 짧게 자르고 눕는 사람이다.) 그에 반해 마음이야말로 제자리라는 곳이 없다. 어디에도 정착하기 싫어하고 늘 붕 떠 있으며 어떠한 사건을 겪고 나서야 아, 그 마음을 거기에 둬서는 곤란한 거였구나. 그렇다면 이쪽에 두면 되나. 아니지, 저쪽에 두는 것이 아무래도 낫겠어. 그러다 가끔 사라진 마음을 한참을 찾아 헤매기도 한다.

마음이라는 것도 쓸고 닦고 탈탈 털어 햇빛에 보송하게 말린 다음 다시 고이 접어 넣어놓을 수만 있다면 세상의 오만 슬픔이 조금은 옅어질 텐데.

1
월
20
일
―
일
기

# 미워하는 마음,
그 너머에도

회사에 가기 죽기보다 싫었지만 지금으로서는 죽음 준비보다는 출근 준비가 더 간편한지라 어찌어찌 출근을 했다. 차 안 라디오에서 분명 아는 노래가 흘러나왔는데 제목이 기억나지 않았다. 이런 일들이 많다. 기억의 찌꺼기들. 컴퓨터의 디스크 조각 모음처럼 뇌에도 그런 기능이 있었다면 인류는 조금 덜 불행했을까.

오전에는 세 개의 보고서를 검토했고 타당성이라는 말을 여러 번 입에 올렸다. 구몬 선생님에게 숙제를 못해 죄송하다는 거짓 문자를 보냈다. 아이고 선생님, 제가 이번주 내내 회식을 했네요. 요즘 나는 중학교 수학 문제를 풀며 머리를 가볍게 하고 있다. 딱딱 맞아떨어지는 '정답'이 있는 세계인 수학은 얼마나 아름다운가. 주말 요가 수업을 취소했으며 TF팀 회식이 있는데 급한 집안일이 생겼다고 거짓말을 했다. 회식 때마다 '급한 집안일' 핑계를 하도 대어서 이제는 조금 더 구체적인 정황을 섞은 거짓말을 한다. 아이고, 어쩌죠. 급히 어머니 모시고 병원을 다녀와야 할 것 같네요. 어쨌든 소설 수업을 들으러 간다고 할 순 없는 노릇이니까. 통계자료를 작성하고 이번주 회의 일정과 심사 일정을 확인하고 점심을 먹었다.

내 손목에 붙은 파스를 보고 누군가는 연휴에 택배 상하차를 뛰었는지 물었고 누군가는 싸움을 했냐고 물었고 누군가는 전을 부쳤냐고 물었다. 주먹을 쥐고 짧게 내지른 다음 복싱 선수처럼 '쉭쉭' 소리를 내었다. 다들 즐겁다는 듯이 웃고 내 이야기를 하지 않아도 되어 다행이었던 나도 웃었다. 아마도 내 이야기란 이런 것이겠지.

아아, 제 손목이 어쩌다 이리 되었는지 한말씀 올려보자면 (얼쑤!) 저는 원래 손목이 좋지 않은데 뼈가 태생적으로

약하기 때문이기도 하지만 아시다시피 또 건설현장에서 몸 쓸 일이 얼마나 많습니까. 또 그거 말고도 전에 연극 무대 만들 때 합판이랑 다루키를 많이 날라서 그렇기도 합죠. 어차피 직장인들은 키보드와 마우스를 워낙 많이 쓰니까 건초염이란 직업병 아니겠습니까. 근데 저는 밤에도 연휴에도 날마다 날마다 컴퓨터 작업을 하지 뭡니까. 에, 뭐 하냐고요? 그러니까 그게 말이지, 제가 시를 쓰는데 말입죠. 음, 윤동주의 서시라, 아주 훌륭한 시입니다. 하지만 제가 쓰는 시를 거기에 감히 갖다 붙일 수는 없고 그러니까 제가 쓰는 건 뭐랄까…… 글쎄요, 왜 쓰냐고요?…… 아니 그러게 말입니다. 저는 왜 쓸까요. 또 언제부터 썼는지 이게 정확히 가늠이 되진 않지만…… 시집 추천을 해달라고요? 참말로 어려운 말씀들을 하시는군요.

그것들을 정확하게 전할 자신이 없어 나는 늘 말을 돌리거나 아재 개그를 치거나 질문을 질문으로 받는다. 어쩌면 나는 정확하게 말하지 못하는 사람이라서, 이야기란 어디서부터 딱 끊어 설명할 수 있는 게 아닌데 그러니까 거슬러 올라가 내가 태어나기도 전으로, 우리가 존재하기도 전으로 가도 또 계속 올라가는 중이라서 이 모든 걸 그저 따라가 보고자 글을 쓰는 건 아닐까.

아주 많은 이야기가 오간 것 같은데 점심시간이 끝나자마자 죄다 잊어버렸다. 딱 하나 기억으로 남긴 것은 누군가 벌초라는 단어를 떠올리지 못해 풀 정리라고 말해버린 일. 풀을 정리하는 일. 그건 풀을 눕힐 수도 있고 세울 수도 있는 일일까.

오후에는 회의를 여러 번 했고 강수량과 침수와 착공계획서와 구조계산서와 입찰설명회 이야기들을 했다. 이것들은 머릿속에 잘 남아 있고 내 업무 기억력은 좋은 편인데 어느 정도냐 하면 몇 달 전 받은 메일에 첨부된 도면의 버전과 수신자와 참조자까지 기억한다. 하지만 정말로 기억하고 싶어서 기억하는 것들은 아니다. 기억하고 싶지 않다. 아니 기억할 필요가 없는 상태가 되기를 나는 가장 바란다. 하지만 그런 기억들은 도장처럼 머릿속 어딘가 박혀 있고 시간이 지나 들여다보면 곱고 붉은 인주 색깔인 줄 알았던 것이 사실은 마음에 도장을 너무 세게 내리쳐서 생긴 푸른 멍이었음을 깨닫는다. 이제는 안다. 이런 정보들을 잊는다고 큰일이 나지 않는다. 하지만 습관은 무섭다. 맡은 업무를 완벽히 해야 한다는 강박은 어디에서부터 왔을까, 누가 나에게 심어놓았을까. 이 사회에게, 대한민국의 노동 문화에게, 여성의 실수에 더욱 혹독한 이 업계에게, 내 목을 조르는 나 스스로에게 오늘 치의 원망과 분노를 또 읊조린다.

오후 다섯시 반인데 벌써 창밖이 어둑했다. 그렇지, 겨울이구나. 우리는 아직 계속 겨울에 있구나. 급하게 회신할 메일이 생겨 집중하던 사이 퇴근 시간이 훌쩍 지나 있었고 창밖은 까만 장막이 드리워진 것처럼 시커멨다. 야근하는 몇몇 사람과 팀 테이블에 앉아 멍을 때리며 귤을 까먹었다. 이런저런 이야기들을 나눴고 나는 여러 번 웃었지만 지금은 왜 웃었는지 기억이 나지 않고 진짜로 웃겨서 웃은 것이 아님은 확실하다.

묵주반지와 냉담자와 산티아고 순례길 이야기가 나왔고 나는 처음으로 내 이야기를 했다. 아니 이것은 거짓말이다. 사실 나는 지속적으로 내 이야기를 하고 있지만 내 이야기를 꼭 들려주고픈 상대에게 하는 것은 아니므로 말을 하면서 동시에 내가 말을 했다는 사실을 잊고자 한다. 무튼 나는 그룹 지오디가 2018년 산티아고 순례길을 걸으며 찍은 예능을 최근에서야 보았고 아주 좋았다는 이야기를 했다. 퇴근길에는 내가 그 사람들, 그러니까 함께 야근한 사람들과 함께 점심을 먹은 사람들과 함께 산책한 사람들을 사랑할 수도 있었다는 사실을 떠올리며 슬펐다. 우리는…… 오늘도 지겹게 봤으며 내일도 지겹게 봐야 하고 모레도 다음주도 다음 달도 지겹게 봐야 한다. 지겹게 보면서 지겹게 서로에게 말을 해야 하고 말을 하고 싶지 않은 상태에서도 무언가 말을 해야 하며 또한 동시에 말을 참을 수 없기 때문에 말을 하게 될 것이다. 그 모든 순간을 지겹다고 느끼면서. 그러니 내가 너를 사랑할 수 없는 까닭은 네가 너무나 옆에 있기 때문이고 우리 사이에 한 치의 숨쉴 틈도 없기 때문이야.

우리가 서로를 잘 알기 위해선 거리가 필요하다. 거리 없이는 그의 아주 작은 면모, 한 가지 단점이나 장점만이 극대화되어 보일 뿐이다. 마치 고해상도 현미경을 눈에 붙여둔 것처럼. 그것을 떼고 뒤로 몇 발 물러서야 한다. 하여 그의 꽤나 많은 장점과 단점이 얼기설기 엉켜 있는 모습을, 그것들이 다 뿌리처럼 살아 숨쉬며 그를 이루고 있다는 사실을 이해해야 한다. 그가 굉장히 복잡하고 다면적인 존재임을 진정으로 받아들여야 우리의 미움과 사랑 또한 산뜻해진다고 믿는다.

노조 활동을 하는 나에게 농담이랍시고 '빨갱이'라 했던 동료나 말끝마다 여자가 어쩌고저쩌고하며 아직도 결혼 안 한(?) 나에게 훈수를 두던 선배. 그리고 기억에서 부러 지워버린 아주 많은 좋지 않은 기억. 그들을 미워했지. 온 힘을 다해. 저렇게 무식할 수가 있냐며 속으로 갖은 욕을 했다. 안 그러면 살 수가 없었으니까. 하지만 잔인한 면과 귀여운 면을 동시에 지니고 있는 것이 인간이다. 후배의 생일을 달력에 적어두고 기프티콘을 보내거나 길 가다 마주친 고양이에게 몸을 숙여 손인사를 하거나 도서관에서 빌린 책에 밑줄이 그어져 있으면 지우개로 싹싹 지우는 취미를 가졌거나. 그러니 미워하는 마음, 그 너머에도 무언가 있을 거라 믿는다.

낭중지추囊中之錐. 한때는 믿고 싶었다. 내가 송곳이라는 걸. 하지만 지금은 송곳이 아닌 뭉툭한 마음과 뭉툭한 태도로 산다. 내가 남을 찌르지 않기를 바라며. 내가 나 자신을 찌르지 않기를 바라며. 그전에 우리 사이의 거리가 충분히 확보되었기를 바라며.

1월 21일 一시

# 백지 앞에서

고양이 한 마리를 구했다
그건 인간으로 태어나 가장 잘한 일
고명이라는 이름을 붙여주었다


*

어린 나는 자주 반성문을 썼다
잘못한 게 없다고 울면서도 억지로
백지를 채워나가던 기억


고명씨,
집 나간 당신을 찾으러 골목길을 헤매며

우리 처음 만난 날을 떠올린다


작은 몸 위에 엎드려 속삭였지
미안해 미안해 미안해


이제 어리지 못한 나는
반성문은 쓰지 않고


죽어가던 당신이
살아 있는 것들 가득한 거리에서
눈을 떴다


길고양이의 비밀이란 본디 그런 것처럼
여러 번 죽고 여러 번 살고 그러다 물렁한 인간을
만나면 한번 따라가보기도 하는 것


밝고 따듯한 거리로
우아하게 한 걸음
발자국을 지우며 두 걸음

내일도 여전하겠지만


고명씨는 퇴근하는 인간들을 위해
버스를 몰기로 한다


오늘 밤도 베개에 얼굴을 묻고
반성문 없이도 몽땅 잊어버리게 될 인간들을
집에 데려다주며 통통한 앞발을 핥았다


아주 오랫동안


내일도 여전히
꿈이야? 현실이야?


모두 다 잊고 잠들어갈 때
밤을 드나들며 가지고 놀아보는 고명씨


거기는 괜찮아?

거기 골목? 거기 옥상?


고명씨와 닮은 형상을 가진
까만 비닐봉투와 한참을 놀아본다


고명씨와 닮은 목소리를 찾아
오랫동안 우물을 들여다볼 때
인간인 나는 허리가 아프고


혼자 살아 있는 나의 몸
매일 나의 백지를 마주하는


아무런 잘못을 모르는 내가
아무런 잘못이 없는 당신을


고명씨,
하고 부르면 당신은 어디선가
대꾸해줄 것만 같고

1월 22일

— 에세이

## 대단한 비밀도 아니면서……

생각해보면 어린이들만 유독 많은 반성문을 쓰는 것 같다. 적어도 나는 하얀 A4 용지를 내밀며 '너! 잘못했어, 안 했어?'라던 어른들의 무서운 표정을 꽤나 많이 기억한다. 어른이 아니었던 나는 (티 안 나게 누군가를 몰래 미워한 일 빼고는) 언제나 잘못한 게 없다고 생각했지만 (티 나는 잘못을 할 때는 회초리로 맞았다) 결국 작은 목소리로 '잘못했어요' 했다. 미간을 잔뜩 찌푸린 채 백지 위를 연필이 부러질 듯 크게 휘갈기는 게 내가 할 수 있는 최대치의 반항이었는데 납득하지 못하는 일에 대해 쓰는 일이 얼마나 괴로운지, 그런 쓰기를 반복한 아이는 얼마나 악필이 되는지 지금의 내 글씨체를 보면 잘 알 수 있다.

나는 '왜'라는 질문을 자주 했다. 왜? 왜, 우리는 철수보다 늦게 뛰기 시작한 영희의 속도를 구해야만 했는지. 왜 멀쩡한 달력을 찢고 가려진 날짜를 역으로 계산해야만 했는지. 왜 성냥개비 한 개를 이동해 가장 넓은 도형을 만들어야만 하는지. 어릴 때 다니던 성당에서 사람들이 왜 두 눈을 감고 주먹 쥔 손으로 가슴을 내려치며 '내 탓이오 내 탓이오 나의 큰 탓이옵니다' (지금은 냉담자 이십 년 차이지만 그래도 나는 내가 가지 않는 개념 속의 성당을 좋아한다) 하는지. 과연 그들은 무슨 심각한 잘못을 저질렀는지. 그것들이 매일 밤 텔레비전에 보이던 파괴와 폭력과 비명과 무슨 관계가 있는지. 그것들이 종국에 우리에게 무슨 의미를 띠는지. 그때는 아무도 말해주지 않았다. 명확한 답이 없는 질문을 던진 아이는 그래서 자주 반항하는 것처럼 보였고 자주 반성문을 썼다.


오늘도 또 쓸데없는 질문을 해서 분위기를 망쳤습니다. 죄송합니다. 반성하고 있습니다. 앞으로 그러지 않겠습니다. 수업에 집중하도록 열심히 노력하겠습니다.

악필인 것과는 별개로 나는 거짓 반성문을 쓰면서 어떻게 해야 진실된 것처럼 보이는지 점점 알게 되었고 그런 글들을 반복해서 쓰다보면 어느 날은 내가 진심으로 잘못한 것처럼 느껴지기도 했고 선생님의 지친 얼굴을 보며 정말로 미안한 마음이 들기도 했다.

'왜'라고 물을 수 없던 것들도 있다. 왜 엄마는 지독한 잔소리꾼이고 아빠는 마치 무생물인 것처럼 아무런 대꾸가 없는지. 어떤 아저씨가 어린 여자아이에게 무언가를 보여주었는데 그건 봐선 안 될 것이어서 왜 다들 그만 잊어버리라고만 하는지. 눈앞에서 귀찮게 날아다니는 초파리를 손을 뻗어 내쫓으며 동시에 초파리가 좀더 살았으면 하는 마음을 갖는 게 어떻게 가능한지. 지금은 좀 다르게 묻고 싶다. 왜 말해주지 않았는지.

철수와 영희가 함께하던 세계는 형님들의 세계와 언니들의 세계로 나눠진다는 것을. 언니들은 가끔 형님인 척도 해야 하지만 형님들은 결코 언니들이 되려 하지 않는다는 것을. 친구의 속도를 계산하는 이유는 그보다 더 빨리 뛰어 결승점에 도착하기 위해서라는 것을. 성냥개비의 빨간 머리와 긴 꼬리에 골몰해봤자 우리들의 집은 넓어지지 않는다는 것을. 한 사람이 받아들일 수 있는 슬픔보다 훨씬 크고 훨씬 무궁한 슬픔이 저 밖에 있다는 것을. 신은 늘 한 박자 늦게 오거나 오지 않는다는 것을. 그래도 우리는 내일을 위해 베개에 얼굴을 묻고 잠에 들어야 한다는 것을. 그리고 베갯잇은 적어도 이 주에 한번은 깨끗이 빨아야 한다는 것을. 끝없이 말하고 말해도 마음에 커다란 구멍이 생겨버린 사람과 그 구멍을 차마 들여다보지 못하고 눈을 감고 외면해버리기로, 그런 걸 최선이라 잘못 믿으며 살아온 사람이 만들어낸 식탁의 풍경을. 너는 앞으로도 그 시간에 거기서 놀아도 괜찮고 아무 잘못이 없다고 그런 걸 보여준 아저씨야말로 정말 나쁜 사람이라는 것을. 왜 말해주지 않았을까. 대단한 비밀도 아니면서……

친구의 아버지는 유명한 노동계 인사였는데 저녁마다 집으로 귀가하는 대신 물리적으로 높은 곳에 올라 소리를 질렀으며 종종 몸을 다치고 낯선 사람들이 무서운 얼굴로 집에 찾아오기도 하는 일생을 보냈지만 우리에게는 단 한마디도 해주지 않았다. '그럴 수 있지'라고 할 때와 '그래선 안돼'라고 할 때는 언제인지. 우리가 단호해져야 할 때의 표정과 그때 눈썹의 위치는 어디쯤이 좋을지. 근로계약서를 쓰기 전에 무엇을 확인해야 하는지. 집회 신고는 어디에 하는지. 어떤 법은 누구를 지키기도 하지만 반대로 누구를 지키지 않는다는 것을. 회사를 다니다 '아 더이상은 못해먹겠네!' 눈물이 터지기 직전일 때, 그다음엔 어떻게 해야 하는지. 왜 말해주지 않았을까. 대단한 비밀도 아니면서……

그리고 '왜'라고 묻기 전에 이런 생각도 해본다. 말해지지 않았기에 대단한 비밀인 줄 알았던 것들은 사실 차마 무슨 말을 어떻게 해야 할지 알 수 없어 비밀이 되어버렸다는 걸. 아무리 골똘히 생각해봐도 단어를 고르고 골라도 그저 꺼내지 못했던 이야기들이라는 걸. 납득하지 못한 어떤 일에 대해 쓰는 일은 괴롭고 악필러를 만들지만 납득하지 못하는 어떤 일에 대해 말하는 것은 어쩌면 불가능의 영역이라 그저 당혹스러움을 감추며 침묵하는 사람을 만든다는 것을. 그러니 너의 세대는 다를 줄 알았다는 말, 세상 풍파와

불행들이 너를 비켜가길 바랐다는 말들만 겨우 더듬더듬 내놓을 수밖에.

어렴풋하던 슬픈 세계를 알아챈 사람들. 이제는 어린이가 아닌 나의 책상 위는 각종 서적들, 보고서, 매뉴얼, 공문서, 기사, 원고, 도면, 영수증, 메모 따위로 가득하다. 이것들은 이전에 백지였을 것이다. 지금은 누구도 반성문을 쓰라며 무서운 표정으로 백지를 들이밀지 않으며, 바쁜 현대인으로서 잘못을 곱씹으며 살지 않지만 이 모든 것이 나와 무관하지 않다 말할 수 없다.

하여 대단하지도 않은 비밀을 정확하게 말할 순 없겠지만 우리가 끝없이 섬세해지기를, 그리하여 더듬거리며 단 한 문장이라도 쓸 수 있길. 말할 수 있기를. 겨우 바랄 뿐이다.

1월 23일 一시

# 희, 에게

너에게 국제전화를 걸어


너는 꿈속에 있어

너는 1996년 봄에 있어

너는 홍콩의 비 내리는 오후 세시에 있어

너는 다락방의 보름달 훤한 밤에 있어


신호는 울리는데 아무도 받질 않아


나의 전파는 그저 밤하늘을 돌 뿐이고

밤하늘이란 꿈을 뒤집어 빨랫줄에 널어놓은 것

어서 마르기를 바라지만 아직 축축한

겨우 그만큼의 세계 안에서


희야,

이 고구마 좀 받아라


큰엄마가 문을 열고 쟁반을 들이민다

그러고 보니 이 쟁반은 희가 야생동물보호협회에

서 훔쳐온 것

이게 그때의 쟁반인가 싶지만 아무렴


희의 삼십 년을 미리 살아본 내가

밤하늘에 쟁반을 던지며 빙글빙글 돌리는 세계


이거 먹을까? 묻을까?

밭에서 직접 키웠다는 고구마를 보며 어린 희는 물

었지


이쪽 세계의 희가 뜨거운 고구마 호호 불어 먹으면

저쪽 세계의 희는 고랑 파고 땅속 깊이 고구마를 묻
는다


그러니 우리의 시차는 땅속 고구마 뿌리로 연결되
어 있어


마음이 헛헛할 때는 군고구마 두 봉지
우는 법이 기억나지 않을 땐 고구마맛탕 삼백 그램
어젯밤 꿈이 기억나지 않을 땐 고구마스프 한 그릇


이건 어린 나에게 보내는 나만의 레시피
그러니 거기서도 밥 잘 먹고 어디서든 기죽지 말고
험한 것들 때문에 사랑을 잊는 일은 없어야 한다 내
말 잘 들었지?


공중전화 부스를 나오는데
누군가 잊고 버려둔 쟁반이 있었다
크고 눈부셨다

언젠가 희에게 줘야겠다 생각하며

얼른 주워 품속에 넣었다

1월 24일

일기

# 시간 여행

### 오전 다섯시 반

눈을 뜬다. 눈을 감는다. 잠을 붙잡아보지만 그는 나에게서 달아날 준비를 한다. 넌 해야 할 일이 있잖아. 그게 뭐더라. 파도처럼 무언가가 다가온다. 정신을 덮친다. 몸이 펄쩍 뛰어오른다.

### 오전 여섯시

아침에 출근 준비 시간이 길어졌다. 살이 다 터서 로션 바르고(그냥 뒀더니 얼마 전엔 피가 났다, 핸드크림과 립밤도 이제는 피를 보지 않기 위해 자주자주 발라야 한다) 위아래 내복 입고 셔츠 두 벌과 바지 입고 카디건 입고 목도리 두르고

모자 쓰고 패딩 입고 양말에 발핫팩 붙이고 전기담요 끄고
보일러 끄고 가방 메고 손핫팩 하나 뜯어 주머니에 넣고 신
발 신으면서 블루투스 이어폰 귀에 꽂고 문 열고 나가는 시
간이 여섯시. 겨울은 나를 이렇게나 혹독하게 내몰고 있습
니다. 이래도 내가 겨울에게 너그러워야 한다 말씀하시려
나요.


오전 여섯시 반

커피를 들고 걷는다. 어딘가로. 계속. 가야 한다고 믿지
만 그곳이 어딘지 알지 못하는 곳으로. 어제는 분명 열일곱
이었던 것 같은데. 눈을 뜨니 서른 중반이다. 왜 열일곱이
냐면, 그때 잊고 살았던 기억이 어제 잠결에 떠올랐기 때문
이다. 하얀 대리석이 깔린 연회장. 그래봐야 곧 철거하기
직전인 건물 지하라 아무도 관리하고 있지 않았다. 가장 친
한 친구와 나는 풍선을 불어 그 공간을 꾸몄다. 다른 친구들
을 초대했지만 아무도 오지 않았고 우리 둘은 싸구려 피자
와 감자튀김을 케첩에 찍어 먹었다. 그날 무슨 일이 있었기
에 우리가 그런 파티를 했는지는 기억나지 않지만…… 아
주 오랫동안 그런 일들을 잊고 살았다. 기억을 더듬어 나는

현실에 도착한다. 현장. 어제 짓다 만 건물이 덩그러니 있는 곳.

## 오전 일곱시

현장에서 출력인원을 센다. 하나의 현장에는 여러 가지 공정들이 있다. 철골공사, 전기공사, 소방배관공사, 조경공사, 토목공사, 수장공사, 방수공사 등등…… '인력'이라는 말. 한 사람이 낼 수 있는 힘. 그러니까 사람=힘. 당신들이 낼 수 있는 오늘 치의 힘. 오늘 치의 업무. 이런 것을 계산하는 나. 당신들에게 내가 사람일 수 있을까. 안전교육을 하고 아침체조를 하고 교육 완료 스티커를 배부하고 협력사 소장들과 작업 브리핑을 하고 작업 반장들에게 간섭 작업들을 공유하고 장비를 점검할 때까지 계속 나를 따라다니는 수십수백 개의 눈동자들. 깜빡깜빡. 저 시선들로부터 멀리 사라지는 상상을 한다. 옆 현장 소장이 민원 때문에 구청 들어가는 길에 들렀다며 인사를 한다. 우리는 서로 앓는 소리를 한다. 어이구, 죽겠네요. 어이구, 제가 더 죽겠어요. 어이구, 사실 나는 이미 귀신이지요. 도면 들고 현장 점검.

오전 여덟시 사십오분

사무실에 들어와 커피 두 모금 마시고 삶은 계란 하나 까먹으려 하는데 호출 떠서 현장으로 나간다.


오전 아홉시 십분

고객사 현장 점검. 수십 명이 한 명의 뒤를 우르르 따른다. 이런 구도에는 늘 비장미가 있다. 하지만 모두가 연극을 하고 있다. 현장 책임자이지만 앞에 나서기 싫은 나는 맨 뒤에서 눈알 굴리며 며칠 전 주문한 택배(다이어리와 고양이 스탬프와 백차)가 도착할 때가 되었다는 생각을 한다. 어제 읽었던 소설가의 에세이를 생각한다. 임원의 불룩 튀어나온 아래턱을 바라본다. 그가 사랑스러울 수 있을지, 그런 상상력에 대해 생각한다. 모모 팀장은 모두가 들을 수 있도록 나에게 고생이 많다는 인사치레를 건넨다. 누군가 나에게 공정률 질문을 한다. 누군가는 이 정도면 다가오는 설 연휴에는 현장을 닫아도 되지 않겠냐고 말한다. 입 밖으로 준비된 말들을 줄줄 내뱉으며, 누군가의 농담에 '사회적으로 적당히 재치 있을 답변'을 내뱉으며 동시에. 그 모든 말을 잊는다.

**오전 열시**

인쇄소에 맡긴 도면을 찾으러 간다. 차를 몰고 다녀오는 길에 도로 공사로 생각보다 시간이 지체되자 궁시렁거린다. 대체 인간은 왜 자꾸 무언가를 짓고 고치고 짓고 고치고……

**오전 열시 삼십분**

고객사 실무자랑 현장 점검. C형 각관 위치 수정이 어렵다는 내용을 보고한다. 실외기 위치를 변경해야 한다고 보고한다. 공장 도장과 현장 도장의 차이점을 설명해준다. 방수 공법을 설명해준다. 준비한 사이니지 디자인 1안과 2안을 설명해준다. 그는 마음에 들어 하지 않는 눈치다. 재빨리 그가 관심을 보였던 각 안에 대한 포인트를 합친 3안을 준비하겠다고 덧붙인다. 수직 리프트를 타고 이십 미터가량 올라야 하는데 그가 자기는 무서우니 나 혼자 가서 사진을 찍어달라고 한다. 내가 있으니 걱정 말라며 나는 그를 끌고 올라간다. 그는 모른다. 나는 언제든 떨어질 준비가 된 사람이란 것을.

오전 열한시 십분

무사히 내려온 그가 긴장이 풀렸는지 한겨울에도 덥다며 너스레를 떤다. 커피를 사달라는 뜻 같다.


오전 열한시 이십분

작업자들끼리 다툼이 있다는 말을 듣고 현장 복귀. 말리고 말리는 척하고. 화내고 화내는 척하고. 이곳은 거대한 연극 무대. 그래도 공연은 언젠가 끝난다. 온몸이 푹 젖어 있다.


오전 열한시 반

현장 함바집 문 닫아서 인근 식당으로 점심 먹으러 출발. 육개장에서 파를 건져 흰쌀밥에 올려 씹으며 사람들 이야기에 적당히 맞장구쳐준다. 축구협회의 위기에 대해 누군가 아주 상세한 역사와 견해를 제시한다. 오오, 그렇군요. 오오, 정말요. 곧 잊는다. 공을 차는 행위에 그렇게 많은 자본과 열성과 고함이 오가는 행위를 나는 평생 이해할 수 없을 것이다. 사실 세상살이 대부분을 나는 잘 이해하지 못한다.

### 오후 열두시 삼십분

아주 잠깐 사무실 자리에 엎드려 눈을 감는다. 눈뜨면 여든 살이 되어 있다.

### 오후 한시

레벨기를 들고 현장에 나가 바닥 레벨을 측정한다. 모든 바닥의 높낮이가 같다는 것을, 눈으로 보아야 믿는다. 이곳은 곧 내가 묻힐 곳이야.

### 오후 두시 사십분

협력사 소장들과 업무 협의 전 짧은 커피 타임. 그들은 서울에서 온 나에게 관심이 많다. 그들의 질문을 막기 위해 먼저 물어본다. 소장님은 이 동네 토박이라고 하셨죠? 카톡 프사는 아드님? 아이고, 예뻐라. 밥 안 먹어도 든든하시겠네요. 물꼬를 터주기만 하면 수많은 생이 줄줄이 펼쳐진다. 내가 말이에요 취미가 많아요. (기타 치는 사진을 보여주며) 아마추어 밴드부 출신이걸랑 내가. 어? 박소장도? 나는 군악대 출신이에요.

오후 세시 삼십분

설계사 미팅. 평면도와 단면도와 입면도의 정보가 모두 다르다. 그렇다면 이것은 전부 다른 건물인 것이다. 우리는 절대 만날 수 없는 평행세계에 있나요? 누군가의 멱살을 잡고 싶지만 그래선 안 된다.


오후 네시 이십분

공사 종료. 작업자들이 떠난 현장은 고요하다. 하루중 가장 좋아하는 시간. 현장을 돌아다니며 혼자 점검을 한다. 장비, 분전함, 자재 야적 상태, 샵장 청소 상태 확인.


오후 여섯시

일일공사완료보고서 작성. 설계사에게 도면 수정 요청 메일 쓰기, 판넬 자재승인서 검토 및 승인, 납품 일정 확인, 명일 공사 계획 작성.


오후 일곱시

퇴근 후 집에 가서 목욕을 하고 달걀마요네즈 샐러드와

바게트로 저녁을 챙겨 먹고 잠시 침대에 눕는다.

## 오후 여덟시

스타벅스에 가서 디카페인 커피를 한잔 시키고 당신에게 편지를 쓴다. 편지를 쓰다가 갑자기 단팥빵에 대한 추억이 떠올랐고, 나는 단팥빵을 좋아하진 않지만 아주 가끔 맛있는 단팥빵을 입안 가득히 넣고 우물우물 씹다가 목이 막히는 감각을 떠올린다. 음식을 먹으면서 울었던 적이 딱 한 한 번 있는데 그건 단팥빵 때문이고 그게 언제였더라. 맥그로드간즈. 티벳 망명 정부가 있던 곳. 거기서 한국 스님을 만났는데 카페에서 티벳식 수제비 뚝파를 먹다 옆에서 한국말이 들려 그에게 살짝 눈인사를 했었고, 그와 이야기를 하다 그의 숙소에 따라갔었고, 그는 프리 티벳 운동을 하던 분이었다. 꾀죄죄하던 나를 안쓰럽게 보던 그의 눈빛이 기억난다. 그건 어른의 눈빛. 생각해보면 그때 어른들을 많이 만났다. 요즘은 주위에 어른이 귀하다. 나도 어른이 되지 못했지. 숙소에서 그가 고이 아끼던 냉동 빵을 꺼내 프라이팬에 녹여주었다. 이게 마지막이라면서. 한국 단팥빵이었다. 오래 타지 생활을 했을 그에게 그 빵이 얼마나 귀했을지

지금 생각해보면 아득한데 그때는 그저 나 또한 석 달을 한
국 음식을 먹지 못해 (하지만 현지 인도 음식을 잘 먹어서 포
동하던 시절이었다) 뭐든 고파 있었고, 그래서 그 한쪽 면이
빠삭하게 그을린 단팥빵을 먹다가 울컥했던 기억이 난다.
그러니까 이런 이야기를 구구절절. 당신에게 썼다. 편지에
는 사랑 얘기는 없지만 사랑이 아니라면 나올 수 없는 말들
이 두서없이 가득하고, 이런 사랑은 건네져도 그만, 내 안에
머물러도 그만.


　오후 여덟시 오십오분

　퍼뜩 잠에서 깬다. 얼마나 졸았던 거지. 십 분? 두 시간?
어쩌면 삼십 년. 어쩌면 이곳은 다른 세상일지도 모른다.
곤 사토시의 〈천년여우〉라는 애니메이션이 있다. 누군가를
아주 오랫동안 사랑하고 그리워하던 나이들어버린 주인공
은 마지막에 깨닫는다. 그를 사랑하는 자신을 사랑했다는
것을. 우리는 무언가에 취해 있는 우리 자신에게 제일 취해
있다. 어제의 내가 몇 살이더라? 기억이 나지 않는다.


　오후 아홉시

카페가 곧 폐점한다는 직원의 정중한 안내와 그의 지친 얼굴을 뒤로하고 거리로 나왔다. 쓰고 싶은 글이 있었는데 오늘도 이렇게 미뤄지네. 인생은 흘러가네. 동네 마트에 들러 맥주와 두부와 토마토와 셀러리를 샀다.


오후 아홉시 반

집에 도착해서 씻고 내일 출근 준비하고 맥주 깠다. 김정미의 〈바람〉을 듣는다. 책을 뒤적거리며 몇 개의 글들을 읽는다.


오후 열시 오십분

일기 쓰기. 졸려. 맥주는 거의 바닥났고. 누군가에게 전화를 걸어 악다구니를 쓰며 사랑한다는 말과 같이 죽어버리자는 말을 반복하고 싶은 밤.

1월 25일 — 에세이

# 살구 밟기

시가 온 순간을 정확히 설명하는 일은 불가능하다. 적어도 나에게는 그렇다. 그저 무언가가 잠시 스쳐간 순간, 희미하게 왔다가 재빨리 떠난 순간을 짐작만 해볼 뿐이다. 더이상 글쓴이도 아니고 화자도 아닌 한 명의 독자가 되어 종이 위에 쓰인 시의 열린 공간과 닫힌 공간 사이에서 이 세계를 조금 더 잘 이해해보려는 마음만 있을 뿐이다.

그러니까 지금 이 시는 어디로 가고 있는가. 그런 것들에 골몰하다보면 우연히도 시의 도착지가 아닌 시의 출발지에 가닿아 있기도 하다. 어쩌면 출발지와 도착지가 같을 수도 있다. 어쩌면 출발지와 도착지는 서로 가장 멀리 떨어진 곳에 있기도 하다. 그 하염없는 길을 산책하는 일은 시를 생각하고 읽고 쓰는 일과 비슷한 구석이 있기도 하다.

산책하다 마주치는 가장 흔한 것으로는 식물들이 있다. 계절에 따라 그 모양을 달리하는 나무들. 매일 걷는 길에서 마주치는 나무들도 어느 날은 새삼스럽다. 부드러운 연둣빛 새순, 무성하게 시퍼런 이파리들, 갖은 화려함을 뽐내는 꽃들, 시든 꽃잎 사이로 고개를 내미는 작은 열매들, 조금씩 살이 올라 통통해지고 그러다 한꺼번에 우수수 떨어져 바닥을 뒹굴고, 그뒤를 따라 하늘하늘 떨어지는 이파리들, 그 모든 시간을 지켜보며 고요히 몸을 웅크리는 나무둥치.

그리고 살구. 두번째로 다니던 직장 뒤편에는 커다란 산책로가 있었다. 야생 살구나무들이 많이 심어져 있었고 여름이면 익거나 익지 않은 살구가 산책로를 가득 메웠다. 나는 그 살구들을 피해 걸으려 애썼지만 가끔은 신발 아래로 미처 보지 못한 살구가 굴러들어오기도 했다. 새파랗고 단단한 열매들은 얼른 발을 떼면 살아났고 다 익어 주홍빛을 띠는 열매는 여지없이 뭉개졌다. 과실이 터지면 달짝지근

한 향이 사방으로 퍼졌다.

마음이 견디기 힘든 날이면 일부러 잘 익은 살구를 골라 밟기도 했다. 장난감을 받고서 그것을 바라보다 얼싸안고 기어이 부숴버리는, 내일이면 벌써 그를 준 사람조차 잊어버리는 아이처럼 오, 오오오오, 아름다운 나의 사람아*. 발을 떼기 전엔 잠시 그대로 서 있었다. 몇 번 숨을 고른 다음 뒤도 돌아보지 않고 자리를 떴다. 하지만 그 흔적이 단내를 풍기다 점점 썩어간다는 것을 알았다.

나는 이제 열매 없이도 살구나무를 알아본다. 그 나무를 보며 여름을 생각하고 여름의 끝을 생각하고 바닥을 뒹구는 살구를 생각하고 그 살구들을 피해 조심히 걷는 누군가를 생각한다. 가만히 걸으며 옆 사람에게 건넬 말을 고르는 누군가를 떠올리고 그 말들 사이 숨겨져 있을 진심은 또 얼마나 복잡하고 깊은지, 그것이 다 익으려면 얼마나 오랜 시간이 걸릴지 생각한다. 하지만 그때쯤이면 산책은 끝났을

---

텐데…… 익지 않은 열매는 어쩌나, 말해지지 못한 마음들은 어쩌나, 자꾸만 생각해보는 것이다.

1월

26일

― 시

# 남은 나는

태풍의 경로를 주시하고 있습니다


빠르게 도착하는 속보들

바닥을 굴러다니는 사과와 북어와 무지개떡

나무들이 서서히 쓰러지고 있다

속보를 전하던 사람도 쓰러지고

아직 휴가를 떠나지 못한 사람도 쓰러지고

어제 밤잠을 설친 사람도 쓰러졌다

그런데 태풍이 없는 해에도

사람들은 쓰러졌던 것 같은데

쌍둥이빌딩은 왜 무너졌어?


그 언젠가 네가 했던 질문


아 몰라 저리 비켜봐


너를 귀찮고 수다스러운 자매로 여기던 나는 지금
육교에 서 있다 아래를 내려다보면 화요일 오전이 있
고 푸른색 시내버스가 있고 정류장이 있고 바쁜 사람
들이 있고 유리문이 있고 유리문 안쪽 가지런히 진열
된 약들이 있다 도시에는 수많은 약 수많은 서류 수많
은 콘크리트 블럭 수많은 공원 수많은 비둘기 여긴 없
는 게 없는 것 같은데


아 몰라 저리 비켜봐


난 평소와 다름없이 말하고
넌 언젠가부터 말이 없다
넌 언젠가부터 여기 없다

그러므로 나는 홀로 육교를 건넌다

이 육교는 어제 무너지지 않았으므로 오늘도 무너
지지 않을 거라 믿고 그게 육교를 믿는다는 뜻은 아니
지만 대부분의 사람들은 그런 것만으로도 산다


이쪽과 저쪽


이어진 잠깐의 시간을 걸으며 나는 혼자 묻고 혼자
답한다 똑같은 뒤통수 똑같은 목소리 똑같은 보조개
누가 언니고 누가 동생이니? 맞혀보세요 틀리면 우리
한테 벌금을 내야 해요 밤낮없이 울던 매미 노루 제비
개미 프라피룬 볼라벤 그건 작년에 온 태풍이야 아니
재작년 아니 그건 우리가 태어나기도 전에 왔던 태풍
이야 그러니까


사람들은 태풍의 이름을 돌려 쓴대……


어제의 태풍과 오늘의 태풍은 다른 거 아니야?

네가 없으면 언니도 없고
네가 없으면 동생도 없는 거야


자라는 속도가 달라지자 우리는 안심했지
이제 그 누구도 우릴 헷갈리지 않을 거야


혹시 모르니 조금 더 키 큰 내가 뒤를 지켜볼게


뭐래, 넌 매번 까치발을 하잖아


태풍이 오지 않아도 사람들은 자주 무너졌다
도시에는 언제나 사건사고들
눈 깜짝할 새에 사라지는 사람들
눈 깜짝할 새에 수다스러운 자매를 잃어버리는 사
람들


육교에서 내려와 인도 위에 선다
그 언젠가 우리는 서로에게 영원히 말하지 않기로

다짐한 채 도로의 양쪽 길을 각각 따로 걸었다 흘끔거
리며 바라본 네 얼굴 위로 차와 사람들이 겹쳐 지나갔
다 그러나 이제는

　　이쪽을 걷는 나와 저쪽에 없는 너


　　한쪽이 무너지면 결국
　　다른 한쪽도 무너진다


　　그게 언제든


　　그러니 오늘의 육교 오늘의 뉴스 오늘의 고층빌딩
오늘의 지하철 오늘의 표지판 오늘의 사우나 오늘의
메뉴에게 별일이 없어도 나는 서서히


　　아주 서서히
　　하지만 분명히
　　너에게로 가고 있어

그러지 않을 수가 없잖아


남은 나는

1월 27일

일기

# 퇴근길

토끼굴 앞에 선 사냥꾼은 매일 실패한다. 토끼도 실패한다. 우유를 엎지른 사냥꾼의 아들도 실패한다. 단팥빵을 구워 파는 사냥꾼의 딸도 실패한다. 철조망 앞에서 오지 않는 이를 기다리며 우리는 실패한다. 커피를 마시며 우리는 실패한다. 글을 쓰며 우리는 실패한다. 찾고자 하는 것을 찾지 못해 우리는 실패한다. 아침마다 눈을 뜨는 나는 실패한다. 출근길에서 비를 맞으며 나는 실패한다. 액셀을 밟으며 실패한다. 아이디카드를 찍으며 실패한다. 창밖 가득한 낙엽들을 보며 실패한다. 마음에도 없는 말을 하며 실패한다. 웃기지 않은 말에 웃는 것을 실패한다. 웃기지 않은 말에 웃으며 실패한다. 내가 어떤 사람인지 잊어버리며 실패한다.

나를 잃어버리며 실패한다. 내가 아닌 다른 사람으로 살며 나는 실패한다. 내가 아닌 다른 사람을 나라고 믿으며 나는 계속 실패를 거듭한다. 실패한다는 감각 속에서 또 실패한다. 그러나 그 감각 속에서 나는 집요하게 내부자와 외부자들을 끊임없이 들여다보고 가라앉고 몰입한다. 물론 그 감각마저 실패하지만.

1월 28일

—

에세이

# 나의 안나푸르나에게

매년까지는 아니더라도 그래도 자주, 안나푸르나를 다녀왔다는 사람들의 이야기를 듣는다. 그들이 트레킹을 시작한 위치와 동선 이름을 들으며 잠시 희부연 기분에 빠진다. 그 지명들. 포카라에서 짐을 꾸려 (아마 산골다람쥐 숙소에서 산장 아저씨가 해주는 김치찌개와 파전을 먹고 여권 크기의 얇은 종이에 이름과 국적, 나이 등이 꾹꾹 눌러 적힌 퍼밋을 받으며 출발했을 것이다) 나야풀에서 트레킹을 시작하면 푼힐전망대, 고라파니, 촘롱, 시누와, 데우랄리 마지막으로 안나푸르나 베이스캠프까지. 매일 밤 침낭 속에서 오돌오돌 떨며 아직 도착하려면 한참 남은 지명들을 입으로 되뇌었던 시간들.

그때 '밤'이라는 것을 경험했다. 깊은 자연 속 밤은 도시의 밤과 완전히 다르다. 그리고 다음날 새벽, 어마어마한 자연이 모습을 드러낼 때에도 이 비현실성은 계속된다. 내 몸이 내 몸 같지 않은 시간들을 버티고 견디고 이런 선택을 한 스스로를 원망하던 순간들. 지금으로부터 십오 년 전, 사진 한 장, 글 한 줄 남기지 않았는데도 유독 모든 장면이 선명하다. 그리고 그 장면 속에 있던 사람.

누군가와 함께 안나푸르나를 오르고 내려와 또 그곳으로부터 한참 멀어진 지금 여기, 이곳에 내가 어떻게 도달했는지 지켜본 사람이 있다는 것은 조금 신기한 일이다. 나 또한 그의 이십대 초반부터 삼십대 후반의 모습들을 기억하고 있는데 그 시간 동안 우리는 꽤 많은 것을 함께했고 꽤 많이 싸웠다. 다시는 보지 않을 것처럼 굴다가도 인생의 주요 시점에 아무렇지 않게 툭툭 다시 만났고 어떻게 살아왔는지 스스럼없이 떠들다가도 아, 이제 우리는 서로의 길을 각자 잘 가고 있구나, 싶어 묘한 안도와 서글픔을 동시에 느꼈다.

그리고 집에 갈 시간이 되면 안녕, 인사하며 뒤돌아 기차에 오르기를 반복했다. 기차를 타고 떠나는 나의 뒷모습을 그는 참으로 많이 봤을 것이다. 나는 서울로 돌아가는 약 두 시간 동안 기차에 앉아 눈을 감고, 우리가 해온 수많은 선택을 생각했다.

우리는 인도 바라나시에서 처음 만났다. 지역 극단 이름이 새겨진 티셔츠를 입은 그에게 내가 처음으로 말을 걸었다. 혹시 연극하세요? 저돈데요. 이후의 일정이 콜카타로 넘어가는 것도 똑같아서 그럼 같이 가실래요? 제안했다. 그때의 나는 누군가에게 먼저 무엇을 같이 하자고 손을 내미는데 익숙한 사람이 아니었다. 게스트하우스 거실에서 내 제안을 듣던 그이가 강아지의 하얀 털을 쓰다듬으며 아무 말하지 않던 모습도 기억난다. 나는 어깨를 으쓱하며 내 방으로 들어갔지만 몇 주 뒤 콜카타 골목에서 우리는 다시 만났다. 그는 머쓱하다는 듯이 그러나 반가움을 숨기지 않은 채 활짝 웃었다.

다음날 마더 테레사의 '죽음을 기다리는 사람'의 집에 도착해 봉사자 등록을 하는데 그도 며칠 전부터 거기서 봉사

를 하고 있다는 사실을 알았다. 봉사자들은 쉬는 시간에 옥
상에 앉아 달콤한 짜이와 쿠키를 먹었다. 당시 막내였던 우
리들은 한국 언니오빠들의 이야기에 귀 기울이며 달콤한
짜이와 쿠키를 먹었다. 김정일의 사망 소식도 그렇게 들었
다. 당시에는 인터넷이 없어서 인터넷 카페에 가서 비싼 사
용료를 지불하고 잠깐 동안 접속해 한국의 소식들을 훑었
다. 스마트폰도 없어 종이지도를 펼쳐 골목골목을 찾아다
니던 시절이었다. 그럼 이제 어떻게 되는 거냐고 누군가 말
을 했고, 글쎄, 하지만 한국에 있었다면 예비군에 끌려갔을
지 몰라, 아…… 형, 저는 이제 돌아가면 곧 입대인데 어떡
하죠, 나 짜이 한잔만 더 줘. 니가 다 마셨거든? 그리고 각자
해야 할 일을 하러 흩어졌다. 빨래를 하러, 설거지를 하러,
환자들을 목욕시키러. 그때 우리는 같은 숙소에 머물고 있
었는데 하루도 빠지지 않고 봉사활동을 다니는 그의 모습
을 보며 나도 질세라 그보다 먼저 일어나 센터에 도착하기
위해 안간힘을 썼다.

그리고 몇 주 뒤 우리는 함께 다즐링으로 가는 기차에 있
었다. 같이 가자는 말을 누구도 먼저 하지 않았지만 자연스

레 그렇게 되었다. 남은 일행들이 숙소 앞에 나와 손을 흔들어주었다. 쥐와 바퀴벌레가 수시로 안부를 물으러 튀어나오는 기차에 나란히 앉아 있을 때, 다즐링역에 늦은 밤 도착해 숙소를 찾아 헤맬 때, 서로에게 무슨 말들을 나누었는지는 기억이 나지 않는다. 오랜 시간 걸려 도착한 다즐링은 예상외로 너무 추웠고 마을에 하나밖에 남지 않았던 방에서 우리는 가지고 있는 모든 옷을 걸친 채 침대에 올라 달달 떨었다. 깜빡 잠든 것도 모른 채 눈을 떴을 때는 완전한 어둠이 있었다. 내 몸이 이 공간에 있다는 것조차 믿기지 않는, 그래서 손을 뻗어 얼굴이 이쯤 있지 않을까 하는 상상만으로 더듬더듬 만져보게 되는 그런 어둠이었다. 나는 처음으로 그를 나직이 불러보았는데 아무런 대답이 없어 죽은 것은 아닐까, 나 또한 죽은 몸이 아닐까 생각하다 잠이 들었다. 다음날 그 얘기를 했을 때 그는 몹시 미안해하며 자신은 귀마개를 하고 자는 습관이 있다고 했다. 그날 이후로 그는 더이상 잘 때 귀마개를 끼지 않았고 대신 잠들기 직전까지 수다를 떨었다. 그때 우리의 가장 큰 주제는 '좋은 사람'이었다. 그는 좋은 사람이 되고 싶어했고 나는 좋은 사람이란 무엇일까, 끝없이 말했다.

그뒤의 이야기는 이렇다. 우리는 함께 네팔로 넘어갔고, 함께 카트만두에서 지금은 무너진 유적지들을 구경하며 동네 꼬마들과 젬베를 치며 놀았고, 함께 포카라로 넘어갔고 안나푸르나를 올랐다. 엿새째인가 안나푸르나 베이스캠프 도착을 한 시간 앞두고 고산중에 숨을 쉴 수 없던 나는 등산을 포기했고 가방에 있던 김연수 소설집『나는 유령작가입니다』를 그에게 건네며 꼭 이 책을 산꼭대기 로지(대피소)에 놓고 와달라고 했다. 베이스캠프에서「다시 한 달을 가서 설산을 넘으면」을 읽는 것이 버킷리스트라 그 와중에 내 육십오 리터 배낭엔 책 한 권이 있었다. 한때 그 소설은 나를 온통 흔들어놓았었다. 사랑하는 이가 남긴 마지막 문장들을 곱씹으며 설산을 오르는 이나 사라진『왕오천축국전』의 원문을 상상하며 주석을 다는 이나 우리가 온전히 이해할 수 있는 타인의 마음은 없다. 그건 설산의 크레바스처럼 그저 틈으로 남겨두고 살아가는 일일 뿐이라는 것을 소설로 먼저 배운 나는 설산을 넘으면 그래서 무엇이 나온다는 건지 궁금했다. 그 높은 곳에 올라가면 알 수 있을까. 하지만 이러다가는 차원이 다른 더 높은 곳으로 영원히 올라갈 것만 같았고 그건 괜찮은데 그러다 내 뒤에 있는 저 사람에게 짐이 될까 덜컥 겁이 났다. 그래서 망설임 없이 멈췄다. 여기서 헤어지자고 그에게 말했지. 어쨌든 그 책이 아니었다면 그는 나를 따라 내려왔을 것이 뻔했다. 앞으로 여행을 잘 마치고 무사히 한국에 돌아가기를, 안녕 하고 뒤도 보지 않고 산을 내려왔다. 그는 한참을 그 자리에 서서 하얀 책을 붙들고 내가 사라진 곳을 바라보았을 것이다. 그러고는 폭설이 내렸고 나중에 듣기로 그는 나와 헤어져 산을 오른 지 십오 분도 안 되어 길을 잃었고 동상에 걸렸다가 한국인 몇을 만나 겨우 베이스캠프에 도착할 수 있었다고 했다.

나는 그와 헤어진 뒤 화이트아웃을 만났고 온 세상이 완벽하게 하얀 모습을 보며 그냥 이렇게 죽어도 좋겠다 싶었다. 그 순간 낭떠러지를 발견하고 다시 정신을 차려 기어서 산을 내려갔다. 그러곤 이틀 뒤 내 이름을 부르는 목소리에 뒤를 돌아보았는데 그가 거기 있었다. 어? 하며 우리는 웃다가 울었다. 우리는 다 풀려버린 다리를 끌고 드디어 마을로 내려와 '소비따네'라는 한국 음식점에 들러 평소라면 엄두도 못 냈을 메뉴판 가장 위에 있는 비싼 메뉴 닭도리탕을 시켜먹었다. 그리고 일주일 만에 뜨거운 물로 씻은 다음 깔깔거리며 잠에 들었다.

그뒤의 이야기는 이렇다. 정전이 잦은 포카라에서 촛불을 켜놓고 밥을 해 먹고 누군가 버리고 간 『H2』 만화책을 읽었고 룸비니로 갔고 한국 절에서 함께 설을 보내고 떡국을 먹고 누군가 버리고 간 신춘문예 희곡집을 읽었다. 처음 만났던 바라나시로 돌아와 우리는 다음을 기약하지 않으며 영영 헤어졌다. 긴 여행을 마치고 한국으로 돌아가기 전날 언젠가 그가 말한 적 있던 수도 델리의 한국 식당을 혼자 찾았다. 짬뽕을 시키고 기다리는데 식당 게시판에 그가 나에게 남긴 편지를 발견했다. 짬뽕을 먹으며 눈물을 흘리는 한국인 아이를 보며 식당 주인은 무슨 생각을 했을까. 또 시간은 흐른다.

복학 후 어느 날 문득 그 아이의 학교가 있다던 대구로 내려가 학과 사무실에 이름을 대고 강의실 앞에서 무작정 기다렸다. (그때 우리는 핸드폰이 없었으므로 연락할 방법이 없었다.) 그렇게 느닷없는 방식으로 얼굴을 봤고 가끔 난데없는 곳에 함께 놀러갔다. 해돋이를 보러갔던 정동진 해변에서는 잠이 들어 정오가 가까운 무렵에 깨어났고 안동에서는 고르고 골라 들어간 식당에서 채 익지도 않은 맛없는 찜닭을 먹었다.

첫 직장생활을 시작하면서 가끔 퇴근하고 만나 맥주를 마셨고 내가 건설현장에서 구르느라 정신이 없을 때 그는 아마추어 극단에 들어가 연극을 했다. 어느 눈 내리던 날 그의 공연을 보러 노란 프리지어 꽃을 사서 극장으로 향하던 기억이 아직 환하다.

사는 게 바빠 몇 년 동안 서로 연락을 하지 않고 지내던 때도 있었다. 잘살고 있으면 된 거지. 하지만 언젠가 또 불쑥 마주칠 것 같다는 이상한 예감이 나에겐 있었다. 어느 해 긴긴 프로젝트를 끝내고 밀린 휴가를 모아 인도행 비행기를 끊고 바라나시에 도착해서 즐거운 시간을 보내던 때, 짧은 일주일의 휴가가 거의 끝나가던 그때, 골목에서 그를 마주쳤다. 주변에 있던 한국 사람들이 우리에게 엄청난 인연 아니냐고 호들갑을 떨어대었지만 나는 인연 같은 건 믿지 않은 지 오래였다. 우리는 마치 어제 이 골목에서 만났던 것처럼 강가에 앉아 짜이를 마셨다.

얼마 전 그는 결혼이라는 커다란 이벤트를 목전에 두고 왜 사는 게 예전과는 다른지 스무 살 초반의 꿈들은 어디로 갔는지 나에게 물어왔다. 우리는 여전히 자신의 마음을 들여다보는 데 서툴렀고 한 사람의 감정이 그렇게나 입체적이고 들쑥날쑥한지 지금까지도 이해하지 못한 채 서로의 근황을 물었다.

그는 사는 게 재미없다고 했다. 사는 게 재미없기야 나도 마찬가지다. 누군가를 미워하는 마음만 쉬워지고 가장 잘하는 일이 되어버려서, 그걸 억지로나마 모른 척하기 위해 기운을 싹싹 끌어모아 글을 읽고 쓴다고 했다. 이 말을 하자 그는 나에게 여전하다고 했다. 여전하다니, 어린 우리들이 얼마나 재미있었는데. 눈뜨고 다음날 무엇을 할지 궁리하는 일로도 하루가 금방 갔다.

스물두 살의 그는 스물한 살인 나보다 훨씬 넓었고 깊었고 그래서 오랜 시간 뒤에 다시 만나더라도 당시의 우리에게 부끄럽지 않은 삶을 꾸려나가자고 생각했다. 그 마음이 나를 강하게 만들었고 아주 틀린 방향으로 가지 않게 잘 잡아주었고 지금의 나를 만들기도 했다. 수없이 많은 날을 함께해준 나의 오랜 친구에게 고맙다는 생각과 함께, 그가 어디에서 무슨 일을 하든 누구와 있든 잘살아주었으면 한다. 아마 몇 달 뒤, 혹은 몇 년 뒤 우린 다시 만나 철없는 소리와 투닥거림을 반복할 수도 있겠지만 그날이 지나면 또 일상으로 돌아가 '사는 게 재미없네' 중얼거리면서도 해야 할 일을 하고, 각자의 사람들에게 최선을 다하며 나이들어갈 것이다.

1
월
29
일
―
시

# 수련회

냄새나는 이불을 뒤집어쓴 밤이었다 방금까지 함
께 속삭이던 친구들은 모두 잠에 들었는지 기척도 없
다 우리는 그날의 오후를 이야기하고 있었다 함께 춤
을 추었고 풀을 뽑았고 운동장을 달렸다 풀을 뽑지 않
은 아이들은 벤치에 누워 구름을 바라보았다 우리가
왜 모였는지는 아무도 알지 못했다 알았다 하더라도
곧 잊어버리게 되겠지 그러니까 작년에도 우리는 만
났잖니? 너는 그새 엄청 컸구나 마치 다른 사람 같아
어둠 속에서 친구들의 이름을 하나씩 불러보았으나
대답은 없었고 나는 코를 파기 시작했다 살짝 열려 있
는 문틈으로 옆방 어른들 목소리가 들렸고 그거 알아

요? 글쎄, 그이가 말이에요 그렇게 안 봤는데…… 뱃속에 돌덩이가 들어찬 것처럼 단단해졌다 뭔가가 잘못되어가고 있었다 나는 일어서서 문을 열고 밖으로 나갔다 무슨 일이니, 아이들은 일찍 자야 해 그래야 키가 큰단다 어른들은 나를 도로 방으로 집어넣었다 등뒤에서 문이 닫히기 직전, 복도의 빛이 방을 살짝 비출 때, 둥글게 말린 이불 아래 아무도 없다는 사실을 깨달았다 어른들은 아무것도 몰랐다 나는 내년에 만날 친구들을 생각하며 코에서 꿈을 파서 그들의 베개 아래에 넣어주었다

1월
30일
—
에세이

# 피고 지는

나이 먹어 좋은 일 하나는 꽃과 나무들을 제법 많이 알게 된 것이다. 몇십 년 넘게 계절마다 마주쳤으니 각각의 생김 새—꽃이 피는 시기, 모양, 색깔, 이파리에 붙은 솜털, 잎맥 의 방향, 나무의 크기, 껍질, 가지들의 방향—이런 것들이 조금씩 익숙해진다. 어느 날엔 그 앞에서 한참을 들여다보 고 섰다가 사진을 찍고 돌아와 집에 와서 또 한참을 들여다 본다. 그러면 세상에 이렇게나 많은 것이 펄펄 살아가는구 나 싶다.

철쭉, 영산홍, 진달래, 달맞이꽃, 나리꽃, 원추리, 금계화, 금낭화, 부처꽃, 붓꽃, 창포꽃, 수선화, 접시꽃, 죽단화, 산수

유, 라일락, 꽃기린, 마가렛, 개망초, 개불알꽃, 제비꽃, 밤나무, 이팝나무, 조팝나무, 벚나무, 너도밤나무, 느티나무, 배롱나무, 층층나무, 산사나무, 자귀나무, 동백나무, 사철나무, 주목나무, 깡깡나무, 호랑가시나무, 박태기나무, 병꽃나무 등등……

내가 알아볼 수 있는 꽃과 나무들은 대충 이 정도고 그마저 절반은 확신을 가지지 못한 채 아마 맞을걸? 하며 또 한번 구글 사진 검색을 한다. 마가렛, 개망초, 데이지는 아직도 헷갈려 나는 그것들을 통틀어 계란꽃이라고 부른다. 어쨌든 이들은 대부분 도심의 가로수나 화단에 심어진 꽃들인데, 따듯한 남부 지역에서 피는 꽃들, 깊은 산에서 피는 꽃들, 수목원에서 나고 자라는 것들은 거의 알아보지 못한다. 인간이 이름 붙인 꽃과 나무들은 전체 종의 몇 퍼센트이고 나는 그중 또 얼마의 이름을 아는 걸까.

얼마 전에는 불두화라는 꽃을 처음 알게 됐다. 수국과 엄청 비슷하게 생겨서 자신 있게 '저거 수국이에요' 했는데 불두화란다. 부처님 머리를 닮아 불두화란다. 이전까지 나는 부처님이 대머리라고 생각했는데 뽀글뽀글하고 두툼한 파마머리의 소유자셨다. 꽃을 자세히 들여다보니 정말 수국보다 풍성한 맛이 있다. 불두화는 양양 낙산사 절터 곳곳에 퍼져 있었다. 사람 머리만큼 큰 하얀 꽃뭉치들이 가득했다.

그 옆의 꽃은 분명 커다랗고 붉어 작약처럼도 모란처럼도 생겼는데 이파리 끝이 동글동글하고 잎맥이 선명해 처음 보는 것이라 한참을 보다 검색하니 해당화였다. 그렇지. 해당화는 바닷가 근처에서 자라지. 그러니 도심에서는 볼 일이 없는 꽃이고 이런 느닷없는 곳에서 갑작스레 마주치게 되는 꽃이다.

느닷없는 곳. 겨울 바다를 보러 양양에 다녀왔다. 바다가 내려다보이는 곳에서 모르는 사람들과 요가도 하고 양양시장을 걸어 다니다 꽃무늬 몸뻬바지를 서로에게 추천하고 다같이 송이칼국수를 나눠 먹기도 했다. 양양 오일장 좁은 골목을 가판대 밀고 가며 '쥐 싹 다 잡아요. 두더지 싹 다 잡아요' 소리치는 상인을 따라 나도 모르게 리듬에 맞춰 흥얼거렸다. 싹 다 잡아요. 싹 다.

그렇게 며칠을 보냈다. 모르는 사람들과 함께였는데 모르는 사람들은 계속 모르는 사람들로 남기를 바라듯이 서로에게 그 무엇도 질문하지 않았다. 그 시간이 끝나자 진짜로 모르는 사람들은 서로에게 전화번호나 언제 또 보자는 말을 남기지 않고 헤어졌다. 모르는 사람들이 모르는 사람들로 계속 남자 모르는 사람들이 왔다가, 다시 갔다는 흔적만이 남았다.

동호해변 앞에서 조금 울었는데 그건 바다가 너무도 거대했고 그게 다 거대한 슬픔으로 보였기 때문이다. 그런 자연 앞에 설 때면 나는 좋다거나, 멋지다는 말이 나오지 않는다. 철썩이는 저 바다는 어쩌자고 저기 저렇게 있을까. 어쩌자고 저리도 슬플까.

그러니까 양양 리버마켓에서, 편백나무로 지은 숙소에서, 낙산사 해수관음상 옆에서, 펄럭이는 수많은 소원 종이 사이에서, 소나무 뒤에서, 슬픔은 몸을 웅크리고 나를 졸졸 쫓아다닌다. 나는 곁눈질로 그를 바라보며 그가 어디 아프진 않는지 피곤하진 않는지 살피다 가끔은 짜증도 낸다. 너 같은 거 평생 모르고 살 수도 있었을 텐데. 그럼 그는 말없이 웃고 나는 말도 안 되는 투정을 부렸다는 사실을 깨닫고는 웃는다. 그러니까 이건 내 세계이다. 나는 이 세계와 함께 살아야 한다.

어디에나 색다른 모습으로 널려 있는 슬픔들. 다른 색깔, 다른 모양, 다른 시기, 다른 향기, 다른 솜털, 다른 껍질, 다른 방향. 슬픔은 모르는 상태로 남길 바라지만 나는 알아볼 수 있지. 그것들은 하나도 똑같지 않고 모두 제각각의 슬픔이라는 걸. 나는 슬픔을 생각하고 슬픔은 나를 따라다니고 우리는 서로에게 기대고. 슬픔이 보이지 않으면 나는 사방을 뒤져서라도 기어코 찾아내는 것이다.

이 추위가 가면 또 온갖 색들이 찾아오겠지. 초록색 이파리들이 삐죽이며 나뭇가지를 뚫고 나오고 개나리들이 노란 빛을 터트리면 진달래가 핀다. 진달래와 비슷하게 생겼지만 두꺼운 잎사귀들과 함께 아파트 단지를 덮어버리는 것들은 철쭉이다. 산수유가 피고 벚꽃이 피면 어느덧 날씨 좋다는 사람들의 인사말과 얇은 옷차림으로 산책을 다니기 좋은 날씨가 찾아온다. 벚꽃이 다 지면 어딘가에서 라일락 나무가 달달한 냄새를 풍기고 있고 냇가에는 수선화가 피고 죽단화가 피고 돌아보면 모든 것이 활짝. 이 모든 것이 다 처음인 듯이. 활짝.

따스한 기운이 대지에서 몽골몽골 올라오면 내가 가장 좋아하는 이팝나무가 온다. 밥알처럼 생겼다고 해서 붙인 이름이다. 이팝나무는 4월과 5월에 반짝 눈부신 하얀색 꽃들로 뒤덮인다. 첫 직장생활을 시작하고 맞은 봄, 야근을 하고 어둑한 집으로 돌아갈 때면 본가 아파트로 걸어가는 길이 환했다. 어디서 불을 켠 듯 모든 이팝나무가 그렇게나 하얗게 반짝였고 그 밑에서 한참 시간을 보내다 집으로 들어갔다.

매년 오는 이팝은 뭐가 그렇게 다 처음인 것처럼 다 하얗고 하얄까. 그걸 보면서 놓쳐버린 마음들을 떠올렸다. 사는 일이 주머니 속 녹아버린 사탕을 뒤늦게 발견하는 일 같다. 굳이 안 먹어도 되는데, 버려도 되는데 아까운 마음에 기어코 입에 넣으려고 끈적끈적한 껍질을 까려 용쓰는 것처럼. 그렇게나 자꾸만 과거와 맞닥뜨린다. 다 두고 온 것들. 그런데 뭘 두고 왔더라. 뭔가를 두고 온 것은 분명한데 그게 뭔지 알 수가 없어 자주 서럽다.

어느 날은 세수를 하다 이런 장면이 떠올랐다. 어린 나는 엄마와 함께 엄마 친구 집에 놀러가던 길이었는데 그 집 아이들과 싸우지 말고 얌전히 있어야 한다고 엄마는 말했다. 나는 또래 애들과 싸우는 성향도 아니었고 평소 나에게 그런 말을 하지도 않는 엄마가 왜 그랬을까. 그 집은 우리집보다 훨씬 컸고 따듯했고 좋고 귀한 물건들로 가득 채워져 있었다. 꽃무늬가 화려한 찻잔에 어른들은 커피를 마셨는데 아줌마는 인심 좋게도 그 잔에 오렌지주스를 따라 우리에게도 주었다. 그러고는 이층으로 올라가 그 집 아이들과 프린세스 메이커를 하며 놀았다. 아래층에서 커피가 식어갈 동안 무슨 이야기가 오갔는지 나는 알지 못한다. 엄마는 그 뒤로 백화점에 가서 비싼 찻잔들을 열심히 구경하고 역시 빈손으로 돌아왔다. 그때 그 찻잔에 그려진 꽃이 장미꽃이었다는 것을 나중에 알았다.

왜 타인의 마음을 알아채는 일은 이렇게 늦게 찾아오는가. 그것도 어느 날 문득. 그래도 세상은 태연하고 태평하고 온갖 꽃이 피어나고 마치 아무 일도 없었다는 듯 나는 또 얼마나 많은 마음을 놓치며 살게 될 것인가.

1월 31일 ─ 시

# 봄날의 아무

어느 봄날, 밥통을 여니 고양이 한 마리 있던 봄날

팔팔하게 살아 있던 삼색 무늬 고양이의 봄날

크게 방해받았다는 듯 야옹거리며 나를 흘겨보다

식탁 아래로 폴짝 뛰어내리는 그런 봄날의 고양이

에게

봄이 오지 않으면 어떡하지, 말을 걸면

그러거나 말거나 무심하게 앞발을 핥는 고양이의

봄날


어느 봄날, 오래 묵은 나무 위에 고양이들 활짝 열

려 있던 봄날

커다란 바구니 들고 한 무리의 사람들 몰려오던 봄날

잘 익은 고양이가 떨어질 때까지 지나간 이야기 풀
어놓던 사람들의

봄날, 그래서요? 그다음은요? 어떻게 됐는데요? 빨
리 말해주세요

나른한 고양이의 이마에 나비 한 마리 재빨리 앉았
다 날아가는 봄날


어느 봄날, 이불 아래 따뜻한 찹쌀떡 같은 고양이
잠들어 있던 봄날

아무것도 모르는 봄날을 끌어안고 아무것도 몰랐
으면 했던 봄날

그렇지만 그 누구도 봄날과 어울리지 않던 봄날 어
쩌면


고양이 없이도 갓 지은 밥 없이도 활짝 핀 목련꽃
없이도

옛날이야기 없이도 공원과 어린아이들과 안부인사
들 없이도

매일이 봄날이어서 봄날을 기다릴 필요도 없던 그
런 날들은
더이상 오지 않아서 우리는 하나뿐인 봄날을 기다
리고 기다리고 또 기다리고

나는 이 시를 봄이 올 때까지 고치고 고치고 또 고
치다가
눈물 콧물 범벅인 얼굴로 이불 뒤집어쓰고 결국 다
지워버리고
봄날과 비슷한 것만 실컷 찾아 헤매다가

운이 좋아 나를 따라오는 길고양이 한 마리 만나면
안녕 봄날,
인사하고 서로를 지긋이 바라볼 뿐인 그런 봄날

# 떡을 먹이고 싶은 마음

ⓒ한여진 2026

**초판 1쇄 인쇄** 2025년 12월 15일
**초판 1쇄 발행** 2026년 1월 1일

**지은이** 한여진
**펴낸이** 김민정
**책임편집** 유성원
**편집** 정가현 민윤지 정수범
**디자인** 한혜진
**저작권** 박지영 형소진 주은수 오서영 조경은
**마케팅** 정민호 박치우 한민아 이민경 박진희 황승현 김경언
**브랜딩** 함유지 박민재 이송이 박다솔 조다현 김하연 이준희
**제작** 강신은 김동욱 이순호
**제작처** 천광인쇄사(인쇄) 신안문화사(제본)

**펴낸곳** (주)난다
**출판등록** 2016년 8월 25일 제406-2016-000108호
**주소** 10881 경기도 파주시 회동길 210
**저작권 및 독자문의** copyright_nanda@munhak.com
**작가섭외 및 행사문의** innanda@munhak.com
**페이스북** @nandaisart **인스타그램** @nandaisart **엑스** @wingedpoems
**문의전화** 031-955-8865(편집) 031-955-2689(마케팅) 031-955-8855(팩스)

ISBN 979-11-24065-15-0 03810